金学鉄文学選集1

短篇小説選

たばこスープ

大村益夫 編・訳

新幹社

43年ぶりに訪れたソウルのタプコル公園にて（1989年）

金海洋、金恵媛、金学鉄（1982 年ころ）

後列左より金学鉄夫人（金恵媛）、
長男金海洋
中列左より大村益夫、金学鉄、大村
三千野
前列金学鉄孫（1986 年）

延辺歴史研究所による姜在彦歓迎の宴。左より金学鉄、
姜在彦、大村益夫、髙柳俊男、柳東浩

自宅での夫妻（1983 年）

ソウル タプコル公園（1989 年）

国務総理が準備してくれたホテルを出て、ソウル鍾路 3 街のプリムジャンホテルで過ごす。（1989 年）

金学鉄が中国へ行く前、中学生時代に住んでいたソウルの家の前（1989 年）

金学鉄が中学時代を過ごした母の実家（1989 年）

東京・水道橋の韓国 YMCA
右から２人目李進熙氏。

上野公園にて（1993 年）

早稲田大学社会科学研究所での講演を前に。

早稲田大学にて（1993 年）

東京･浅草にて(1989 年)

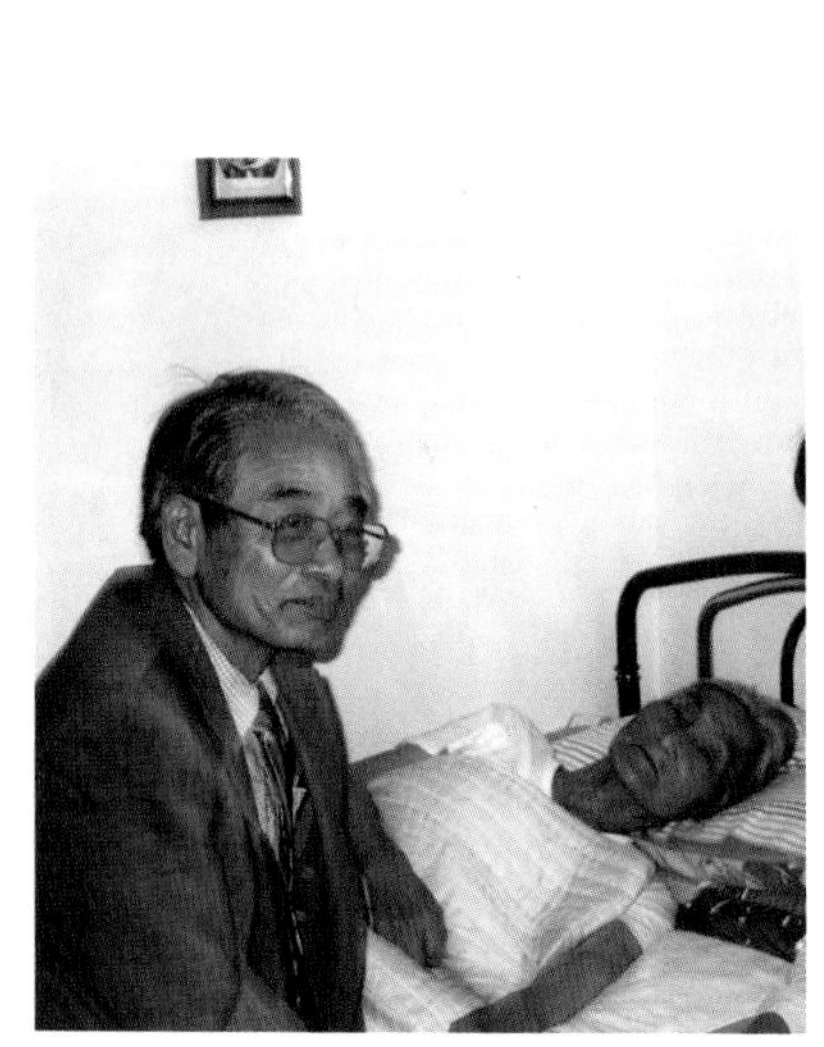

重態の報にかけつけて（2001 年）

横浜・氷川丸の前にて（1993 年）

金学鉄文学選集編集委員会と『金学鉄短篇小説選』について

金学鉄文学選集編集委員会は、二〇一八年十月二十日、大村益夫、愛沢革、鄭雅英、丁章が、金学鉄の小説を日本において翻訳出版するために立ち上げた会である。当会の立ち上げのきっかけは二〇一七年八月十八日、中国吉林省延辺朝鮮族自治州延吉市を訪問中の愛沢と丁が、延辺大学教授・金虎雄氏の紹介で金学鉄の子息・金海洋氏の事務所（＝金学鉄の旧居）を訪問したことに遡る。その際、海洋氏は愛沢と丁に、金学鉄自筆の日本語原稿「二十世紀の神話」の写真データと、日本での出版を委託した。委託状を受け取った愛沢と丁はその後、「二十世紀の神話」のみならず金学鉄文学選集としての翻訳出版を考え、大村と鄭に翻訳出版の協力を打診したところ、かねてより金学鉄作品の翻訳出版を各々で模索していた両者も賛同し、大村、愛沢、鄭、丁による「金学鉄文学選集編集委員会」が発足した。当会のそれぞれの担当は次の通りである。

第一集『金学鉄短篇小説選』翻訳担当・大村益夫。

第二集『二十世紀の神話』翻訳担当・愛沢革。
第三集・第四集『激情時代』上下翻訳担当・鄭雅英。
事務局担当・丁章。

それ以来、当会は「金学鉄文学選集」の翻訳出版の実現に向けて取り組みを進めてきた。そしてこのたび、大村の翻訳担当による本書『金学鉄短篇小説選』の完成に至った。

これまで日本語に訳された金学鉄の作品は短篇数点のみであったが、それらの翻訳はすべて大村益夫によるものである。金学鉄の名を日本に伝える先駆的な役割を果たしたのがまさに大村であり、「たばこスープ」(『現代朝鮮文学選Ⅱ』創土社 七三年 金学鉄の短篇小説)、「中国朝鮮族文学の現況」(『民涛』4号 八八年 文中で金学鉄を紹介)、「靴の歴史」(『シカゴ福万』高麗書林 八九年 金学鉄の短編小説)、「こんな女がいた」(『季刊青丘』二号、一九八九・一一・一五)、「金学鉄の足跡」(『中国朝鮮族の歴史と展開』緑蔭書房 〇三年。金学鉄論とインタビュー)などで金学鉄の存在を日本に知らしめた。しかしながら、まとまった作品集として金学鉄が日本で紹介されるのは、本書が初となる。

本書の刊行にあたっては、韓国文学翻訳院から翻訳出版支援を受けることができた。同胞文学の顕彰のために国境を超えての支援を惜しまない同翻訳院の決断に感謝の意を表したい。

出版社を選ぶにあたっては、新幹社・高二三社長の金学鉄への熱意が決め手となった。現時点では第二集以降の出版については未定であるが、当会は文学選集全巻の刊行をめざして引き続き翻訳出版への取り組みを進め、条件が整い次第、第二集以降を刊行してゆく所存である。

金学鉄文学選集編集委員会・一同（文責・丁章）

金学鉄短篇小説選　目次

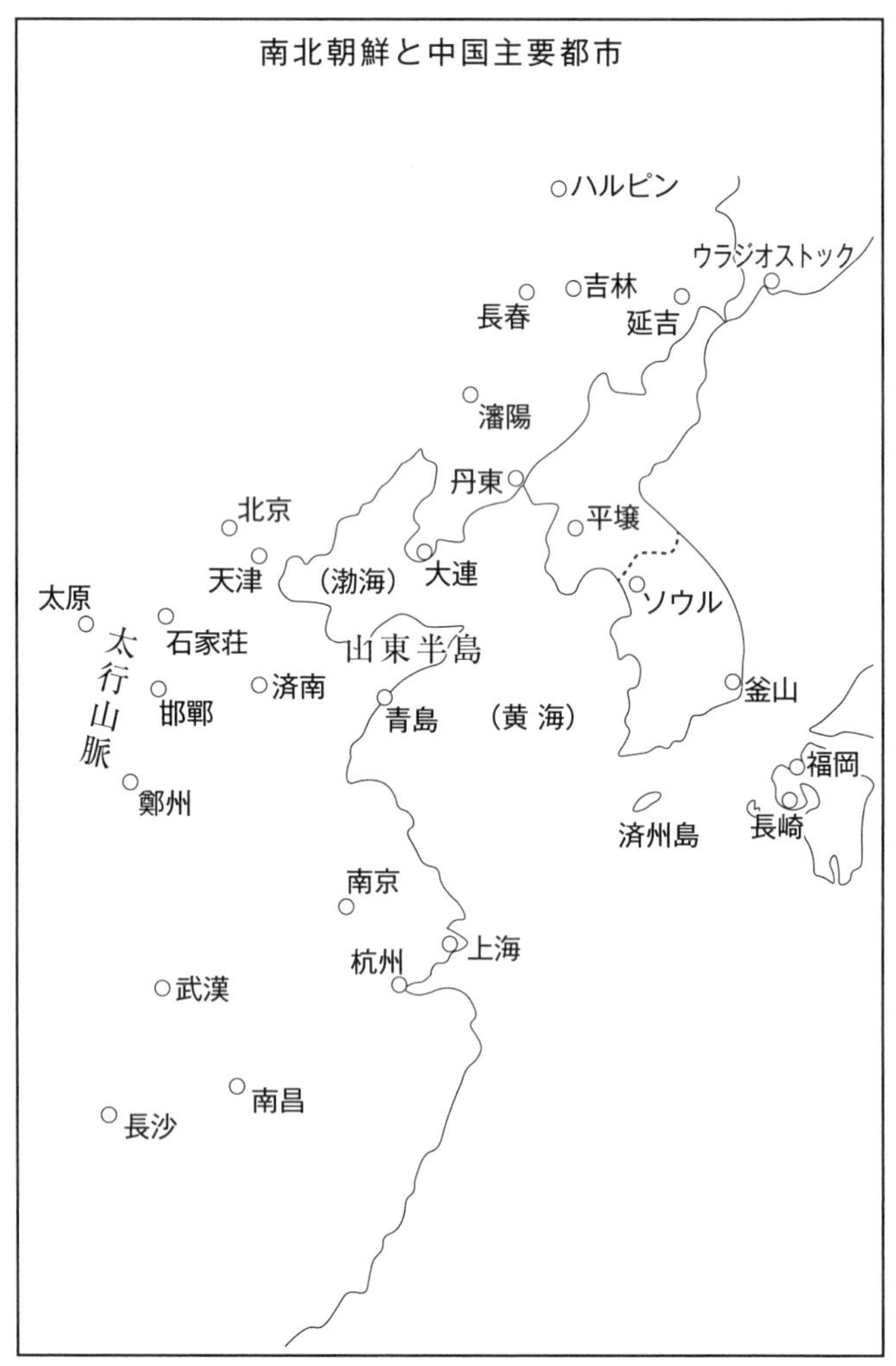
南北朝鮮と中国主要都市
ハルピン
ウラジオストック
長春
吉林
延吉
瀋陽
丹東
北京
平壌
天津
（渤海）
大連
太原
ソウル
石家荘
太行山脈
山東半島
済南
邯鄲
青島
（黄 海）
釜山
福岡
鄭州
済州島
長崎
南京
上海
杭州
武漢
南昌
長沙

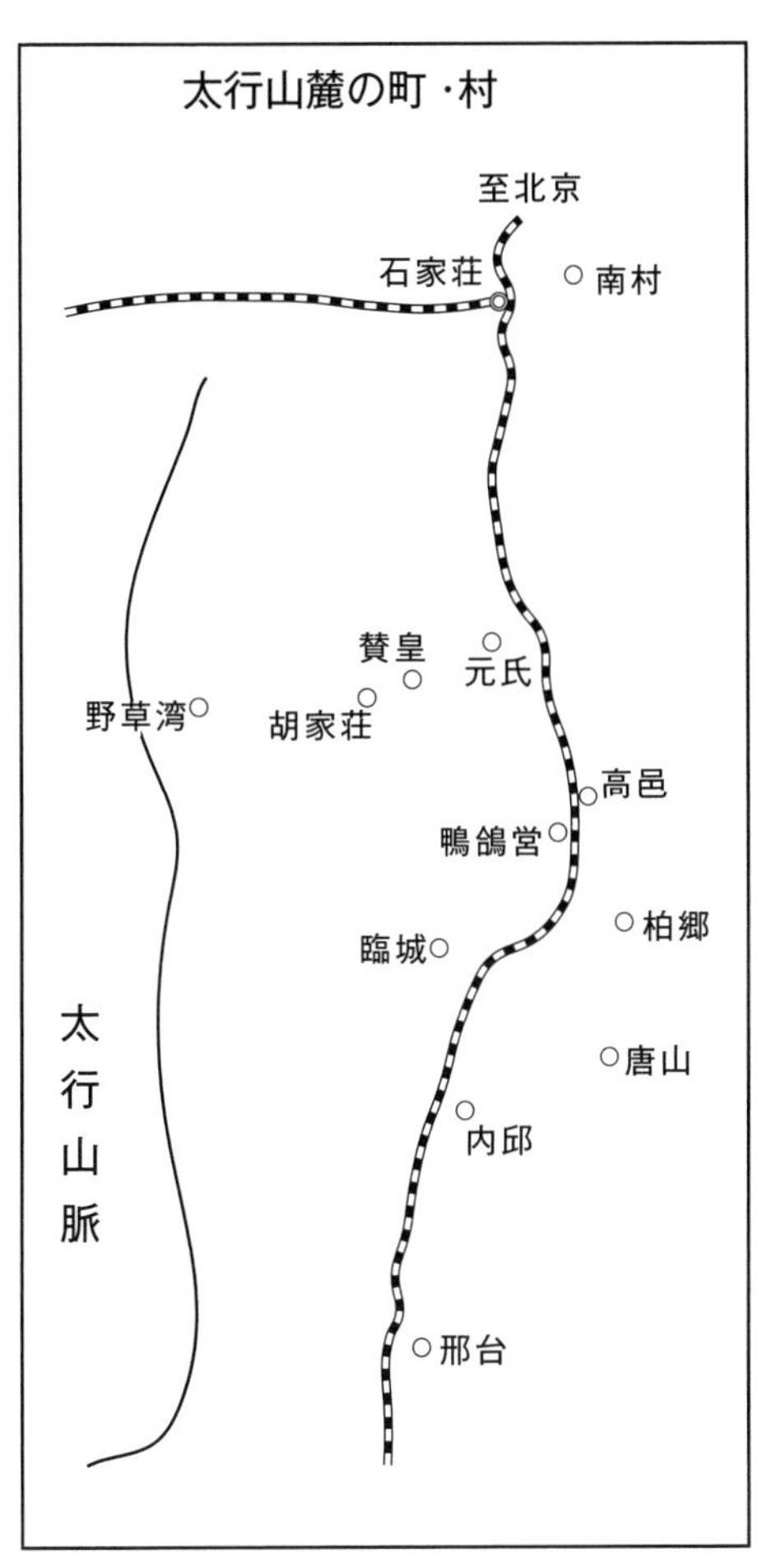
太行山麓の町・村
至北京
石家荘
南村
賛皇
元氏
野草湾
胡家荘
高邑
鴨鴿営
柏郷
臨城
太行山脈
唐山
内邱
邢台

凡例

・本書は、数多ある金学鉄の作品の中から、大村益夫が編集し、翻訳したものである。作品の出典は、作品の文末に掲載した。

・掲載にあたって、原典の注、または原文による補足説明は（　）で、訳注は〔　〕、心の中で思ったこと、つぶやいたところなどは〈　〉で、おおむね表記した。

・現代日本文学で通常使用されない——等の表記は、原文の表記を重視した。

・地図は本書を読むために必要と思われる地名を中心に作成した。

1　ソウル時代　一九四六・一一〜四七・一一

ムカデ

「大丈夫ですか」

「問題ないって言ってるのに――」

軍医は、ずうたいの大きい奴が、こんなことぐらいでなんだ、と言わんばかりに笑って相手にしなかった。

「そうでしょうか――」

と、金分隊長はそれでも信じられないとばかり、塗ってくれた赤いヨードチンキがついている右手の小指の第二関節を見つめていた。

「確かに十二節以上ある大きな奴だったんだけど――」

真っ青になった心配げな顔をあげて、哀願するのをさえぎり、軍医は、

「ホホー、そんな心配するなって。根拠もなく、から騒ぎするな、この愚か者。十二節あるやつに刺されたって大丈夫だって。――そんなムカデぐらいで」

と言って、タバコの火を灰皿に押し付けて消した。金分隊長は十二節以上であることを論拠に、軍医の関心をひこうとした最後の企ても無駄骨に終わったことを悟った。しかたなく、しかし未練たっぷりの眼付きで、赤チンを塗った上からもはっきりと見える青黒いムカデの刺し跡と、事務机に向かってしまった軍医の白髪交じりの後ろ姿を、かわるがわる打ち眺めていたが、そのまま目を閉じ、決死隊の選抜に応ずる兵士のように、すべてのことを断念して、落ち着いた足取りでそのまま外に向かって出て行った。

「ニワトリをつぶすのを見ても顔をそむけて逃げ出す奴が、戦闘の時どうするんだ」

「以前、スパイを銃殺したのを見て、あいつ一日中飯を食えなかったんだから。吐きそうで――」

こう同僚たちが言うのを聞いても、金分隊長は反論できなかった。それは厳然たる事実であったから。シラミをつかまえても、かわいそうでつぶすことができず、小さなイラムシ（刺虫）に刺されても夜通し心配で寝られない彼であった。彼は近十年来すでにこの特殊な病症を克服しようと、あらゆる方法で努力を重ねてきた。しかしそれは少しも効果を発揮できなかった。彼は昨年末に至り、ついに八年以上の闘病経験を総合的に検討することによって、やむをえずこの病症の発作が不可抗力であることを承認すると同時に、不治の終生痼疾だという結論に到達するに至った。

「しようがない――天性がそうなのだから、どうしようもない――」

彼は絶望のあまり、弁明めいてこうつぶやき、首を振って、

「それでも最大限の努力はしたんだから――」

と自己弁護して、みずから慰めたのだった。

一九四一年の初冬、太行山の山中に抗日根拠地を設けた朝鮮義勇軍は、侵略軍の進攻を迎撃するため、八路軍とともに、各軍分区に分かれて出動した。

金分隊長が所属する第×支隊は、第×軍分区として配置された。石家荘から西南へ三十キロあまり――平原と山地が接触した地点、そこが敵我両軍の交戦地帯だった。そこではほぼ毎日小規模な戦闘がくりひろげられた。そこでは、農作物の収穫が終わる時から雪が降るまでの期間を称して、戦争の季節と呼んでいた。

「おお、金分隊長！　気をつけろよ。麦わらの間に虫がいるかもしれん」

設営地で麦わらを広げて寝るところを作っていた金分隊長は、サッと無意識に麦わらの

束を手放してしまった。

「――？ ――」

彼はそっと横目使いで、こう警告した同僚の横顔を盗み見た。

「イラムシ、ムカデ、ネズミが入っている時もあるからな」

麦わらを広げるのに忙しい同僚は、こちらを振り向きもしなかった。嘲笑っているのではないと分かって、フーッと軽くため息をついた。好意の警告まで、もしや、と疑ってしまう今の自分を顧みて彼はため息をついた。

〈悪い病気だなあ――〉

＊　＊

「ワーッ」

宿営地と決めた部落の農民の家で兵士を指揮して馬から荷を降ろし、クモの巣が張ったかんぬきの上に、ほこりがうずたかく積もった納屋の戸を開けるや否や、こう叫んで、金分隊長はあおむけに倒れた。

「ネズミだ！」

長らく人の出入りがなかった納屋の中からネズミが飛びだしたのだった。それも小さな子ネズミがたった一匹――。二人ずつ箱をになってあとについてきた兵士たちは上官が演じたこの突発事件をみて、はじけそうになる笑いをむりにこらえて唇をかみしめた。失礼にならないように、赤くなった顔をがまんして、厳粛なそぶりを装おうとした。降り注がれる兵士の視線が背中に熱く感じられた。上官の体面だ、と彼は半ば開いた納屋の戸をギーとあけ放った。

「弾薬箱は左側、食糧その他のものは右側に。きちんと配列」

命令をくだすと、彼は痛みを感じる左の掌をそっと広げて見た。そこには倒れた際にどこに引っかけたのか、手の爪ほど皮膚が傷つき、わずかに血がにじんでいた。この裂傷を見た彼の顔はたちまち真っ青になった。

「報告！　金分隊長どの！」

たいまつのあかりのもとで全神経を左の掌に集中して座っている金分隊長はびっくりして振り向いた。そこには支隊部の伝令兵が不動の姿勢で立っていた。

「支隊部で今すぐ来いとのことです」

「支隊部で？」

「はい！」

「何の用だ？」

「分かりません」

「――？　――」

金部隊長は何のことかと思って伝令の後について行った。そこには支隊長、副支隊長、政治指導員の三人の幹部がテーブルに座っていた。金分隊長は片隅に座った。

「きょう昼間、荷物を片付けていて失態があったんだって？」

支隊長は笑顔で、しかしむずかしい顔でこう口を開いた。

「大きな失態ではないものの、それでも部下を率いる者が、ましてや軍人たる者がそんなことでどうする？」

副支隊長と政治委員も苦笑いを浮かべた。

「はい！」

金分隊長はうなだれてネズミの穴でもあったら飛び込みたいように、大きな体をすくめた。

「そんなに大それたことではないんだが――」

「はい、面目ありません。以後二度と――」

だがそれは、いとも自信なげに見える誓いの言葉だった。

「以後二度とそうはしないつもりというところだろう？　そんな絶対的なことをいうもんじゃない。できるだけそうしないでくれよ」

支隊長の融通性のあるやさしい言葉に、彼はやっと一縷の希望を見出したように、

「はい！　その、できる限り努力をするつもりです」

と、言って一息ついた。しかし彼はそうした緊急時にも掌の小さな傷が気になってしかたない自分を発見した。

「フーッ。この病気め！」

翌日の午後、金分隊長が命令を受け××名の分隊員を連れて、警備を交代するため赴いたところは、友軍警備の最左翼から三キロ半も離れている山稜の無人の古寺というよりは、小さな庵だった。

「何だか恐ろしいな」

「そうだな。きょうは寝られそうにないぞ」

「まさか！」

「そのまさかが起きるかもしれんぞ」

防御工事を補強したのち、山の中腹の水場で汲んだ水をリレー式にカメに入れて運び、一カ所に集めた分隊員たちは、タバコの吸いさしを回しながら、こんな雑談をかわした。

「地雷は自信あるか？」

「ああ、そりゃ問題ない——ひっかかりさえすりゃな」

「ふん、じゃあ、機関銃は！　また緊急時に、〈報告！　故障しました〉じゃないだろうな」

「こいつめ。あの時は特殊だ！」

「じゃ、こんどは？」

「こんどこそ間違いない」

「ハハハ——」

「ワッハハ——」

笑いが爆発した。

「とにかく今夜の任務はとくに重大だからな」

と分隊長は言って、笑いがとぎれると、腰の拳銃の柄を掌で押し、

「歩哨を複数立てておけ」

と言って立ち上がり、外に出て半ば独り言のように言った。

「暗くなる前に適当な配置を見ておかなくては――」

そこまで言った時、地雷が爆発した。歩哨が発射した銃声が二発、ついで山と谷にぶつかって響く地雷の爆発音が何度かくりかえされ、雷のように響きわたった。

「敵襲！」

「戦闘配置につけ！」

機関銃が火をふいた。敵の弾丸が雹（ひょう）の嵐のように降り注ぎ、壁にぶつかって土ぼこりがもうもうと舞い上がった。

十分、二十分、三十分、一時間。銃身が熱くて握れなくなった。

汲んでおいた水桶に、銃をつけると、ジューッと音をたてる。水桶の水はもくもくと湯気がたち、たちまち熱い湯に変わった。

敵の散兵はだんだんと接近した。

五十メートル、三十メートル――

左右でなおも戦闘行為を続けているごく少数の部下を除けば、その大多数が銃傷を負いもがき苦しんでいるか、そうでなければ、言葉もなく動きもなく息もなく横たわって、まだ冷たくなっていない死体に変わっていた。金分隊長は手榴弾を最後の一個まで投げつくし、拳銃を抜いて乱射した。敵の先頭がわずか数歩のところに、銃剣をひらめかし、はい登ってくるのを発見し、ねらって一発撃った。弾が当たらない敵兵はびくともしないで、這い上がってくると、また一発撃った。

しかし、こんどはガシャといって撃針をうつ音はしたけれども、弾丸は出なかった。不発だった。弾倉を開いてみた。弾薬がなかった。敵がとびかかってきた。彼は弾薬がない拳銃を敵兵の顔めがけて投げつけた。敵が避けようとひるむすきに、そばに倒れている部下の手から短剣つきの銃をつかみ取った。敵を殺すか自分が死ぬかの情況だった。金分隊長は目の前にサッと伸びてくる銃剣を無意識的に振り払った。重心を失った敵兵は前へ倒れた。何を考える間もなく、彼は刺した、あたかもカボチャでも刺すように。胸から背中へ突き刺さった銃剣はどうやっても抜けなかった。しかたなく彼は軍服に包まれた熱い肉の塊を、片足でぎゅっと踏み、両手に力をいれて引き抜いた。後に続く敵兵が息つく間もなく、またとびかかってきた。混戦乱闘の白兵戦が繰り広げられた。前が何か後ろが何かもわからず、敵なのか味方なのか判別するまもなく、刺しつ刺されつの修羅場だった。

＊　　＊

「ああ、どうなった？——」

目を開けた金分隊長は、なかば無意識的にこうたずねた。

「どうなった？　敵軍は？」

「ああ、目を開けられましたか」

何時間か身動きもせずベッドの横でじっと見守っていた看護兵は喜びの叫びをあげた。

「ちょっと待っててください。急いで報告してきます」

と言ってあわててとびだした。彼は寝台の上で起きあがろうとしたけれど身動きすらできなかった。

「ううん——」

腕、足、首は言うまでもなく、全身が裂けるように痛かった。彼はやっと全身が包帯にまかれているのが分かった。軍医と支隊長と看護兵がいっしょにかけつけてきた。

「やあ、生き返った！」

「うん、もう大丈夫だ！」

金分隊長は自分が意識を失った原因と、その間の結果を聞き、

「え？――自分が？」

と、反問せざるをえなかった。

支隊長の口から出る勇敢な奮闘だとか、絶大な偉勲だとか、任務完遂だとか、模範だ勇士だという数々の賛辞が、どう考えても自分とは関係ないことのように思われた。

「本当に自分が？」

信じられないように、再度こう尋ねた。

＊　＊

後送され×××第×分院に入院した金分隊長は××日報にのった自分の奮戦記事をのぞき見るひまもなく、八路軍総司令部と婦女隊代表の熱い慰問を受けることとなった。

「もともと金分隊長は――」

と、支隊長は喜びにあふれる顔で、総司令部と婦女隊代表のねぎらいの言葉と慰問品の伝達が終わった後、金分隊長を紹介してこう言った。

「――ノミ一匹ハエ一匹殺せない、いわば極めて心根のやさしいというか、善良というか、ちょっと見た目には、とうていそんな勇気がどこにかくれていたのか分からないほど、やさしい人なのです。――昔の例をあげるまでもなく、今回の戦闘のまさに前日、宿営地で荷物の整理を監督していて――」

支隊長が笑いながら自慢げにここまで話すと、自分のベッドを囲む二人の総司令部代表と、婦女隊を代表する軍服姿の二人の娘と、軍医と副官と、三人以上の看護兵と支隊幹部の何人かの感激した顔と視線に耐えられず、首を垂れ目を伏せていた金分隊長は、

「いえ――支隊長トンム――」

と、全身の勇気をふりしぼって言葉をさえぎった。

「その話はちょっと――」

支隊長はこのたびの功勲を、一層効果的にほめあげようとしたのは確かだが、当事者の金分隊長にしてみれば、恥ずかしくてとうてい耐えられない話だった。

「その後積極的に努力した結果、その弱点を完全に克服しました」

事実、数えきれないほどの生きた人間を突き刺し倒して、にわか勇士になった今の彼は、自信があった。

「そんなことは、今では問題ありません」

と、肩をそびやかした。

「ほほう、じゃ、この話は保留しておこうか？」

と、支隊長は左右を見回し、

「本人が発表する権利をあたえてくれませんので――ハハハ」

「どうしても聞きたいね。秘密は厳守するから」

「でも当事者の許可がないのに、どうやって？　きょうのところはここまでとして次の幕に期待しましょう。ハハハ」

「ハハハ――」

「ハハハ――」

金分隊長も安心してほっとひと息をもらし、

「支隊長トンムも。ハハハ――」

と、つられて笑った。

慰問を終えて帰る代表一行とそれを見送る×分院の職員や支隊幹部たちが病室を出て、五、六歩歩きだした時だった。

「ワーッ！」

という悲鳴とともに、何かドサッと弾力あるものが床に落ちる音がした。

（？・？・？・——）

人々はびっくりして、いっせいに足を止めた。それは明らかに、たった今出たばかりの金分隊長の病室からであった。

「なんだ？」

「なんだ？　引き返そう」

急いで戸を開けて飛び込んだ人々は、そこにベッドから落ちた慰問品の包みや新聞紙や薬の包みが散らばっている間に、はいつくばっている金分隊長の尋常でない姿を発見した。

「どうした？」

「どうしたんだ？」

「そこ、そこに——」

金分隊長は震える声でそう答えて、

「ム、ム、ムカデ――」

と、包帯に巻かれた手をあげ、ベッドの上を指さした。

「?・?・?」

「ムカデ?」

なんのことかわからず、金分隊長の指さすところをよくよく見ると、そこには破けたふとんの上にムカデがいた。それも小さくて、たったの一匹――。

（ソウル）週刊『建設』一巻三号、通巻三号　一九四五年十二月一日発行

（「建設」の）筆者紹介

一九一六年　元山生まれ

一九三七年　日中戦争勃発当時、上海で朝鮮民族革命党員として上海区党部宣伝部にて工作。南京失陥直前、盧山中央陸軍軍官学校特別訓練班に入学、訓練を受ける。

一九三八年　漢口にて編成された朝鮮義勇隊に加入し、第九戦区（長沙）で満一か年間前線工作。

一九三九年　第五戦区（湖北省）に派遣され、約十一か月間前線にて工作する。その間新四軍に密行し中国共産党に入党。同年、華北朝鮮青年連合会（朝鮮独立同盟の前身）に入会し、朝鮮義勇隊華北支隊（朝鮮義勇軍の前身）に編入。同年、太平洋戦争発生後、第一軍分区（石家荘付近）にて工作中、日本軍と衝突、交戦中、左大腿部銃創により日軍にとらえられる。

一九四三年　治安維持法により懲役十年の判決を受け、長崎刑務所に収監。

一九四五年　今年、日本敗戦後、出獄帰国。

亀裂

推薦の辞（『新文学』一九四六年四月）

一面識もないが、過去十年間、朝鮮と世界のために敵の弾雨のなかで生きてきたという作者が、最後まで文学への道を捨てなかったことに敬意を表する。わが文壇もこうした作者を得たことは、大いなる喜びである。

最初の作品とは思えない堅実な筆致だ。簡潔にするところは大胆に簡潔にしその代わり重要な場面はきわだって印象深く作り上げる用意がやや不足しているところがなくはないが、しかし作者の意図は充分に伝わる。

さらに不必要なところはけずって、修正が必要だと考える。

尹圭渉

（一）

黄色い毛がぼさぼさ生えた子牛が、全身に暖かい光をいっぱいに受けて横になり、背中からかげろうがゆらゆらと立ちのぼるのもしらず、うとうとと眠っている。

池は澄んだ空と、綿菓子よりも白くふわふわした雲をうつして静かだ。

向こうの畑の間の小路をクワをかついでゆっくり歩いている農夫の影が短い。

丘の下の家でニワトリが鳴いた。

のびやあくびをするのも努力がいるから、それもしたくないというように、眠そうな目を半ば閉じたなまけものの作男が、日当たりのいい石塀の下にむしろを敷き座ってシラミをとっていたが、うとうとしながら、風船みたいな鼻ちょうちんを膨らませたり閉じたりしていた。

風はない。しかし、モモの花びらは緑のじゅうたんの上に音もなく散っている。

そのピンク色の花びらが惜しげもなくいっぱいにまかれた池のほとりの草の上にきれいに並べて洗濯物を干し、それが乾く間——あちこちでいろいろな花を摘んでは花束を作っている娘は、少し前にチン〈琴〉と呼んでね、と、洗濯物の主に言ったのだった。その主は金学天、朝鮮義勇軍第×支隊第×隊隊長である。

チンは花束を作り終え、それを手にしたり放したりしながら、首を前後左右にまわした。その二つの頰に、にっこり笑みがこぼれた。彼女は花束を草の上にそっとおいて立ち上がり干してあった洗濯物に触ってみた。まだ乾いていなかった。彼女はまた座り込んだ。そして花束を作り、残った花を手あたり次第、池の青い水の上に投げやった。

池には細い波紋が広がった。水面に映った空も雲もゆらゆらと揺れた。花はぽかりと浮かび、池は少し揺れて、また静かになった。

チンはまた一本の花を投げ込んだ。

その瞬間、ドドドドーンと砲弾が飛んできて地震のようにとどろいた。モモの木の枝が揺れ、花が一度に舞い散った。

池は大きな波紋をおこし震えた。うとうとしていた子牛が驚いて、モーッという叫びをあげて、跳びあがった。

チンは両手で耳を押さえ、草むらにぱっと身を伏せた。

ドドドドーンと、また破裂した。池の水がざわめいて波を起こし、浮いている二つのピンクの花がぐるぐると回った。畑にいた子牛が跳びあがり逃げだした。

そして、そのまま静かになった。

ハチが一匹ブーンと羽音をたてて飛んできて、花束の上に止まったと思ったら、その中に入って行った。

チンはそっと起き上がり空を仰ぎ見た。青い空は前どおり澄んでいた。モモの花弁がまたぱらぱら舞って散らばった。

チンは花をまた一本取って池に投げ込んだ。

その時、誰かが足音もなくそっと後ろに来て、彼女の両目を覆った。

チンはそっと両手で自分に目かくしをしている手をなぜてみた。その手はごつごつした木の皮のような手だった。

「わかったわ、誰か――」

チンは目をおおった二つの手をぎゅっとつかみ、小さな声で言った。

「――」

背中ではことばがなかった。だが、息づかいが聞こえた。

「ハクチョン（学天）」

チンの口元に笑みが浮かんだ。

「違う」

背の後ろで男が言った。

「じゃ、誰？」

「当ててごらん」

「当たってるのに」

「ほんとう？」

「ほんとう」

「まちがえたらどうする？」

「まちがえないわ」

「でも、もしまちがえたら？」

「かってにして！」

「ほんとに、かってにしていい？」

と、男が念を押した。

「ええ」

チンが承知をしたら、やっと目かくししていた手がとれた。

チンは振り返った。そこには灰色の軍服を着た士官が、目に笑みを浮かべて黙って見おろしていた。金学天（キム・ハクチョン）だった。

朝鮮義勇軍第×支隊が駐在防備している南嶺は、敵陣から離れること五キロ弱の、山地と平野が多いところだった。

敵我の陣地の間には田畑があり、そこには農夫たちが立ち働いている姿を見ることができた。

農民たちは砲弾のようなものなどは無関心になってしまった。それはどこかの家の幼子がガラスびんを壊すほども刺激を感じなかった。残酷な戦争は彼らの正常な精神と平常な状態の心理を麻痺させてしまっていた。

抗日戦争は持久戦の様相を呈していた。

ときおり砲弾が飛んできては、あちこち畑の中に大きな穴を掘った。すると、井戸を掘ると最初は濁った水がだんだんと澄むように、砲弾の穴にたまった水が、やがて澄んで、ヒルや水蛇も住むようになった。夜には月も映し、夏になればカエルも鳴いた。

金学天が宿営している小さな農家の主人老楊〈楊さん〉は、鬢（びん）に白いものが混じり、腰の曲がった純朴な農夫であった。老楊は自分の家に寝泊まりしているこの外国人軍隊の若い士官に、すべてのことに裏表なく親切にしてくれた。その娘のチンも同じだった。

戦場はときどき飛んでくる、また飛んでいく砲弾と、部分的な極めて小さい衝突を除けば、平和に見えた。

(二)

正面の敵の拠点に兵力が集結したという情報が入ってきた。

戦線はにわかに緊張した。非常警戒が発令され、左右両翼の友軍陣地と緊密な連絡をとり、支隊部では作戦会議が開かれた。

敵が言う春季攻勢がまさに始まろうとしていた。

友軍は万般の攻撃準備を整えて待機した。

敵陣を偵察して帰ってきた偵察隊は、時々刻々熟しゆく戦機を伝えた。

こうして、おそくとも明日の夕刻までには攻撃が始まるだろうと推断した日の夜、真っ黒な曇り空には星の影さえ見えなかった。

午前零時を少しすぎたころ、友軍区域を巡回していた移動歩哨部が作戦指揮部の裏山にある城隍堂〔村の守護神を祭るために石を積み上げたところ――訳注〕に火が立ち上るのを発見した。敵に砲撃目標を与えるのを懸念してタバコの火さえ禁ずる緊張した前線の夜だった。びっくりした移動歩哨が足を止めてよく見ようとすると、火はまたすっと燃え上がった。歩哨はただちに焔が上がる現場にかけつけた。

しかし、彼らがそこに行きつく前に、敵の砲弾が飛んできて炸裂した。かみなりのような砲声とともに赤黒い煙を伴った火光がきらめき、暗闇に包まれていた陣地を照らし出した。

一発、また一発、六十秒の正確な間隔を置いて、十二発の砲弾がその近くに飛んできてはじけた。そして約五分の間をおいて、また十二分間、十二発の砲弾が飛んできて炸裂した。

この敵の砲撃は友軍陣地に少なからざる損失を与えた。

砲撃がやむのを待って城隍堂にかけつけた移動歩哨は、そこにふぬけのようにぼおっと立っている年老いた農夫一人を発見した。彼の周囲には燃え残りのわらが散らばっていた。それはチンの父、老楊だった。

移動歩哨はこの軍令違反者を逮捕して連れてきた。

次の日、作戦指揮部で老楊は審問された。

「どうだね、密偵もすっかり自白したから、正直に包み隠さず話してみなさい。なんでこういうことになったんだ、いったい――」

「はい。隠すだなんて、とんでもない。全部申し上げます」

と、頭をたれ、とぎれとぎれに語った。

「このおいぼれが死ぬべき時が来たんでしょうよ。そうでなきゃ、なんでこんなことを――。きのうの夕方のことです。わしが畑仕事を終えて家に帰ると、隣村に住むあのばくち打ち、ああ、名前を何と言ったっけ、思い出せない、ともかくそのあばた面の奴がわしをつかまえて言うには、わたしの母親の病気が重いので占ってもらったところ、あの山の城隍堂に夜の十二時に行って、病人の手の爪と髪の毛を白紙にようくくるみ、わら束の中に入れて燃やせば病気が治ると言うので、いまこうして旦那さんをたずねてきました。

――うちは二人だけの所帯で夜中に自分がいなかったら誰が病人の面倒をみますか。だからすまないけれど旦那さん、今晩ひとつご苦労だけどお手伝いをお願いします。これはつまらないものだけど、と言いながら外国の絹で作ったタバコ入れをわしにくれました。わしは病気の母親を思う感心な孝行息子に対し、依頼どおりしてやるから、そんなことは心配しないで、早く帰って病人を見てあげなさい、今日ちょうど夜中の十二時に真心こめてお祈りするからと言い、遠慮はしたんだけど、どうしても受け取ってくれというんで、そのままタバコ入れを受け取ったのです。とんでもないことをしでかしてしまいました。完全にあいつにだまされたんですね。あいつが日本軍と内通してたなんて、知ってたらこんなことをしでかさなかったろうに――」

と、善良で愚かな農夫は地面がへこむほど大きなため息をついた。

「これが、そのタバコ入れです」

と、赤紫色の海外の絹で作ったきれいなタバコ入れを取り出し、恨めしそうに眺めていた。

こうしてこの事件は即時、臨時軍法会議にまわされた。

（三）

「なに、これは一種の過失です。過失と故意の間には厳格な区別があるべきだと考えます。無知な農民たちの民心を掌握するためにも、このたびの事件は寛大な措置を取らなければと思います」

と、金学天は言葉を切った。

「農民たちの無知が何よりも恐ろしいのです。わたしはさっきも言ったように金学天同志の意見とは正反対です」

と、金時光（第×隊隊長）が反対意見を述べた。

臨時軍法会議はこの二つの正反対の主張の対立となって進んだ。

幹部たちは黙々として二人の間に繰り広げられる火花の散るような論争に耳を傾けていた。

学天の主張するのは、故意でなく、知らないでしたことだから寛大な処分をとらねばならないというのであり、時光の主張は、知らないでしたことだといって寛大な処断をくだすならば、知らないことだらけの農民たちの間で、軍隊がその作戦任務を遂行できないであろうし、またこの事件の結果の莫大な被害からみても、民衆へ教訓を与えるためにも、厳重な処置を取らねばならないというのだった。

会議の間中、学天の頭の中は、年取った憐れな違法者の失神したようなくしゃくしゃな顔と、心配して服の裾を握りしめ涙でよごれたチンの顔とが、ぐるぐると回った。

学天は熱くなった。時光はますます冷めて理知的になっていった。

「学天トンムの主張は端的にいえば、小資産階級的感傷から来るものと規定することができます。それは徹頭徹尾小ブル的人道主義であり、きわめて価値の低い同情心にすぎません。さもなければ、かならずその他の私的な感情が潜在的に働いていると疑わざるをえません」

時光のこの一言が、相手を沈黙させた。

会議は急転直下違反者の死刑を決定し、終わった。

会議室から外に出た学天の目は真っ赤に充血していた。

時光が、すらりとした体つきに、長い脚でのっしのっしと歩いて行くのが見えた。学天はその後ろ姿を射るように見据えて立っていた。そして心の中でこう叫んだ。

〈この冷徹なやつ、人間じゃない。帝国主義の官僚。公式主義者め〉

(四)

夏が来た。鬱蒼と茂った緑蔭が、味方の防御陣を覆いかくしてくれた。

敵の偵察機は友軍陣地上空をぐるぐる旋回しては、得るものなく跳び回るか、さもなければ、ときどき試探の爆弾を関係ないところに二、三個投じたり、機関銃を掃射したりした。

軍服の上着を脱いで木の枝にかけ、緑の葉が折り重なって、熱い光線をさえぎっている木陰に寝そべって、オカリナを吹いているのは学天だった。

涼しい風が吹いてきた。多くの人が集まってささやくような音を出し、木の葉が揺れ、枝にかかった軍服もひらひら揺れた。影もつられて動いた。

口笛のようなオカリナの哀調を帯びた調べが続けて流れた。

しかし、周囲の生物がみなその悲しげな曲調に酔いひっそりと沈んでいたのもしばしの間、突然近くで、ベースをいれたアコーデオンの大軍行進曲「グレイト・ソルジャアズ・マーチ」が騒々しく聞こえてきた。

学天は口から楽器を離して、パッと起き上がった。そして音の方をにらみつけた。それは見なくても時光であることが分かった。

この春――軍法会議で衝突して以来、二人の間は、極度に悪くなった。対立と摩擦が彼らの間に絶え間なく続いた。

時光は学天のオカリナを鬼神が泣く声、女の子の趣味、消極的、感傷的だと言って排斥した。学天は時光のアコーデオンを陶器が割れる音、車が砂利道を走る音、狂った趣味、猪突的だと言って非難した。

時光がアヒルの卵を、うまいと言えば、学天は

「口がどうかしてるな。悪い好みだ」

吐き捨てるように言った。学天がジャージャー麵をうまいと言えば

「口がどうかしてる。変な嗜好だな」

と、反撃した。

弁証唯物的世界観を除いて、その他の事はことごとく対立状態だった。隊長たちの間がそうだから、ほかの部下たちも自然にそれをまねて、ことごとに対立状態になった。第×隊と第×隊は、やむを得ざる公式行事を除けば、絶交状態になってしまった。

他の支隊ではこの支隊を呼んで、対立物の統一支隊といった。

そこで、このことが支隊内の共同作戦と団結に支障が生じるかと心配した幹部たちは、何度か間に入って協力するように取り持った。しかしこの二隊はまったく同じ声明を発表した。

〈こうした対立状態は私事に関してはありうることだ。公の事についていては影響を及ばさない。以上の理由で、第三者が仲介して協調させる必要があるとは認められない〉

各隊対抗の実弾射撃、銃剣術、サッカーその他の運動競技があるたびに、この対立は激化していった。隊員たちも隊長の音楽趣味に共鳴した。時光の率いる隊員たちは、アコーデオンでなければ楽器ではないとまで極言した。学天の部下たちはオカリナ以外に人間の心を動かす楽器はないと絶賛した。

反目対立した両隊は相手をやり込めようと機会をねらっていた。そして、ちょっとしたスキさえあれば、躊躇なく実行するのであった。それが成功すれば快哉を叫んだ。そうすれば敗北した方は後日の報復を誓うのだった。やりつ、やられつしながらも彼らの共同の敵、日本軍と抗争することだけは忘れなかった。

その日の夜――学天は機会をみて、こっそり時光の寝室に入ってテーブルの上に装飾をかねて置いてある時光の〈唯一の愛人〉と名づけているアコーデオンを短刀でずたずたに切って完全に使えなくして自分の寝室に帰り、げらげら笑ってひとしきり愉快に踊りまくった。

しかし、次の日〈今度こそ心ゆくまで吹けるぞ〉と、にっこり笑ってオカリナがはいっている箱を開けた彼は、アッと驚いた。

箱の中で大事なオカリナがこなごなになっていた。

時光もアコーデオンについては口をつぐんでいた。学天もこなごなになったオカリナについて、何のそぶりも見せなかった。

（五）

八月十三日の上海事変〔一九三七年〕記念日、午前〇時三〇分を期して、抗日軍の全戦線は攻撃を開始することになっていた。

そのちょうど前日、第×支隊の崔副部長が馬から落ちて腕を怪我し、後方医院に入院した。

席次の通り老幹部である第×隊隊長金時光がその後を継ぎ、昇級して支隊副部長の職権を執行するようになった。しかし幹部の欠員によって元来の第×支隊隊長が当分兼任することになった。

陣地では秘密裏に、しかし何といってもどこか慌ただしく、攻撃準備に追われていた。こうした時にはいつも理髪兵がいちばん疲れる。

「あしたの朝には死体となって敵の陣地に寝てるかもしれないから、きれいにひげをそっておこう」

というのに対し、

「こいつ、死ぬ奴がなんで、そんなおしゃれをするんだ？」

と横に立っている兵士がさえぎった。

「ほっとけ――地獄に行って恋愛でもするんじゃないのか、そうだろう？」

と、また別の兵士が言った。

「ハハハハ――」

「ハハハハ――」

カミソリを持ったまま理髪兵までもつられて笑った。

学天は軍需所に行った帰り、この部下たちの笑いを耳にし、にこっと笑い、足を向けようとしたとき、

「報告！　金隊長同志」伝令兵が挙手の礼をし、

「支隊部で来てくださいとのことです」と言った。

「おれを？」と学天が聞いた。

「はい」

「何の用だ？」

「分かりません」

「？」

学天は伝令兵について支隊部に行った。しかしそこには赤鉛筆の跡がほずれた糸のようにからまった軍用地図をひろげて、時光が待っていた。

「座れ」

それには応じず、学天は立ったままで、

「支隊長トンムは？」と尋ねた。

「陣地視察だ」と時光は短く答えた。

「わたしを呼び出したのは？」と、学天はまた聞いた。

「作戦任務伝達」

「どんな？」

「金学天隊長は第×隊をひきいて先発し、敵陣左翼の小高地を奇襲攻撃すること」

「？」

「出発時刻は今夜十一時ちょうど。この作戦の任務は敵の注意を一カ所に集中させるための陽動作戦」

「給狗喫的！」（くそったれ！）

学天はこう叫び、足で椅子を蹴飛ばした。椅子は倒れて窓のそばに置いてあった小さなテーブルを倒した。勤務兵が活けた、テーブルの上の花びんがゆかに落ちて、水がこぼれ、その上に花びらが散らばってごちゃごちゃになった。

時光はサッと立ち上がり

「暴力をふるうのか」と言った。

「とにかく」

学天は掌で軍用地図をパッとたたき、

「おれは行かない」と、きっぱり言った。

敵陣左翼の小高地は敵の砲兵陣地だ。そこは防ぐには容易で、奪うには難しいところだった。自然の地形もそうだし、防禦工事もそうだった。それを破るのはもっとも困難だった。

学天はそれをよく知っていた。それに、陽動作戦というのは敵に友軍の本当に意図する攻撃目標を悟られないために、ほかのところに敵の注意を引き付けておくことだ。陽動する部隊は全体の作戦の利益のために犠牲になる部隊だ。

時光がいま自分にその任務をやらせることに学天は反発した。

「行かない？」と時光は聞いた。

「そうだ。行かない！」学天は答えた。

「なぜ？」

時光がかさねて聞いた。

「なぜ？」と学天が反問した。

「なぜ行かない？」

「そんなに行きたけりゃ、おまえが行けばいい」

「おれが？」

「そうだ」

「だめだ。どうしてもおまえが行かにゃならん」

「何？　生意気にもおまえがおれに」と学天は一歩詰め寄った。

時光はゆっくりと言った。

「俺はお前の上司だ」

「――」

学天がたじろいだ。

「おれは――」

と時光は厳粛にことばを続けた。

「副支隊長、金時光――そして先に伝達したのは上司の命令だ」

学天はやむをえずかかとをそろえ、不動の姿勢を取った。

時光は威厳をもって語った。

「金隊長」

「はい」

こう答えた学天の胸の中はむらむらとした憤怒の焔が突き上げた。

〈こいつ、今にみていろ〉

彼は心の中でこう叫び、歯を食いしばった。

「いま伝達したことを忠実に執行すること。では、さがれ」

と、時光は椅子にドカリと座った。

「はい」

学天は敬礼をした。

しかし時光はうなずいただけで、テーブルの上の地図を覗き込んだ。

学天はしばらくその横顔をにらみつけていたが、部屋を出た。

学天のドタドタという腹を立てた靴音がだんだん遠くなって聞こえなくなった時、

「ふん」

と時光は笑って椅子の背にもたれて上向きに座り、両足をテーブルの上に乗せ、軍服のズボンのポケットから花生糖（ピーナッツあめの一種――原注）を一粒取り出し口に入れ、ガリっと音を立ててかみ砕いた。そして満足げににやっとした。

（六）

総攻撃が始まった。

敵は重砲の一斉射撃で、これに立ち向かった。

敵と友軍の間で、たがいに行き来する重砲弾が、空気を裂いて過ぎるとき、まるで汽車がすれ違う時のような音がした。

機関銃が毎秒十一発以上の速度で絶え間なく火を噴いた。銃口からは毒蛇の舌みたいな火が飛び出した。

防禦軍の陣地の上に、攻撃軍の頭の上に、ところ選ばず飛んできて裂ける砲弾の火光が破裂するたび、紫がかった赤黒い煙と火柱が、猛烈な勢いでほとばしった。煙と、防禦工事のこわれた破片と、破損した武器と、裂けた人間の体の部分とかが、巻き上げられて空中で散らばった。

戦場は硝煙がたちこめ、呼吸するのが困難だった。月も曇った。

午前四時。戦場は混乱状態におちいった。

敵陣の二、三の部分が突破され、わが攻撃軍がその突破口へ潮のようになだれこんだ。友軍が敵を包囲すれば、また別の敵が友軍を包囲した。たがいに包囲し、包囲され、前に敵、後ろにも敵、見分けがつかなくなった。

暗い戦野では混戦乱闘が繰り広げられた。いたるところで凄惨な白兵戦が展開された。夜が明けるまで猛烈な戦闘が続いた。

東の空が白んだ。砲声は次第に静まり、機関銃は銃口を閉じた。激戦は終わった。

あちこちから負傷した戦士たちのうめき声が聞こえてくる。負傷した苦痛に耐えられないからか、泣く声も聞こえる。

いまだ消えずに低く戦場に漂う硝煙をつらぬき、日光がさしこんだ。赤黒い血がべったりとついた草の葉に、バッタがぴょんぴょん跳んだ。

大地があちこちでカメの背のようにひびがはいった。あたかも猛烈な地震のあとのようだった。重砲弾が土を深く掘って爆破してできる亀裂であった。それは臨時に塹壕の代わりに使えるものであり、通路の代わりになるものでもあった。

学天は、乱闘の中でも散り散りになってしまってやっと六名しか残っていない部下をつれて、敵の目を避けて側にあった亀裂の中に入り込んだ。そこにはすでに七、八名の兵士がいた。友軍の兵隊たちだった。しかし、先頭にいた学天はたじろいだ。それはその兵士が、第×隊の、つまり時光の部下たちであったからであり、また、そこにその隊の隊長金時光がまじっていたからであった。

二人の隊長の視線がぶつかった。しばらくたがいに見つめあっていたが、時光が背を向けた。学天は黙って入り込んだ。

前でも後ろでも機関銃の引き金に指をかけ相手を狙っているこうした場合には、夜が明けて視野が開ければ目標が見さだまり身動きが取れないのであった。

学天は隣の部下が持っている銃をもらい、その銃の上に自分がかぶっている鉄兜を脱いでかぶせた。そしてそれをぐっと亀裂の上に押し上げた。

バーンと、押しあげるやいなや、どこからか弾丸が飛んできて鉄兜に当たった。

「おっ！」

彼は首をすくめて、しりもちをついた。そして鉄兜を調べてみた。

穴が一つくっきりとあいていた。

彼は首を振って、

「危ない危ない」と言って部下たちを眺めやった。

学天は時光と同じところにいるのがいやでたまらなかったが、仕方なかった。

時光も学天といるのがいやなのは同じだった。部下たちもたがいに黙ってにらみ合っていた。その狭い亀裂のなかでも、両隊の間隔は可能な範囲内において、最大限の空間を保っていた。

呉越同舟。頭の上には弾丸がピュンピュンと鋭く空気を裂いて過ぎてゆく。亀裂の外に出てみることができないから敵情判断をくだせない。

友軍もそうだし敵もそうだし、たがいに穴の中に閉じこもり、日が暮れるのを待っているようだった。だが、まだ太陽が大地の上に、ようやく指尺一つくらい昇っているかどうかの時だった。

大陸の殺人的酷暑――太陽が中天にいるから、そうでなくともいっこうに冷めない大地が、カッカと燃えた、草一本の影もないかんかん照りのもとで、軍人たちはあたかも陸に上がったナマズのように、うだってふうふういっていた。大地を裂いた狭いすきまに、数人が折り重なって伏せているから、汗の匂い土の匂いが窒息せんばかりに呼吸を圧迫した。鉄かぶとをかぶった頭は、もうもうと湯気をたてる餅を蒸すコシキみたいだった。のどがからからに燃えた。その上、風もなかった。

その時正面の敵がどうした意図からか、急にこの亀裂に向かって攻撃を開始した。亀裂の中の十三名は即時火網〔銃を発射し弾道を投げ網のように開くこと――訳注〕を構成し、これに応戦した。

実は、この亀裂は敵の連絡線を遮断する位置にあったのだった。そこで敵はこの地点を奪取しようと猛烈な攻撃を繰り返したのだが、その亀裂の中にいる時光も学天もその部下たちも、自分たちが占領している地点が、そんな重要なそしてそんな危険なところであるとは知らなかった。

敵の攻撃は機関銃の援護射撃を受けて、突撃態勢に入った。

まばゆい真夏の日差しのもと、銃剣がきらきらと光った。威嚇する叫び声がそれに続けて起こった。

一列に横に並んで、伏せては起き上がり、伏せては起き上がりして、敵は次第に近づいてきた。亀裂のなかの十三人は機関銃と小銃と拳銃とで、全力を尽くして敵の突撃を阻止しようとした。

人は死に直面した時、厳粛になり、真摯になるものだ。彼らは熱いのも、のどが渇いたのも忘れた。二隊の間の空間もいつのまに埋められたのかも分からなかった。

敵の残忍な目の玉と歯が、目前にせまった。叫び声が鼓膜に響いた。

亀裂の中で機関銃手が「あっ」と叫んで後ろへ倒れこんだ。敵弾を受けて、眉間が真っ赤に血でそまった。即死だった。

「おう」

と、時光が射手を失くした機関銃へと駆け寄った。

「そいつは、俺が」

と、学天が手にしていた拳銃を放り出し、それを奪うと、

「トンムは全体の指揮を――」

といって、一秒の遅れもなく、押し寄せる敵に弾丸の雨を降らせた。

「第一機関銃――目標、左前方――」

たとえ小さな兵力ではあっても、統一された指揮のもとで鉄のように固まった力は恐ろしかった。

敵が退きだした。とうていこの地点を奪回する可能性がないことを悟ったのだ。

逃げる奴の後ろ姿はよい標的だ。尻を追う弾丸にパタパタと倒れるさまは、映画を見ているようだった。

団結――団結が敵を退けた。

硝煙の匂いが鼻を衝く亀裂の中で、人々はフーッと息をついた。そして泥と汗とでまっ黒になった顔を見合わせて、にっこり笑った。

部下たちは隊長たちが笑うのにつられ、また見つめ合って笑った。

時光が腰に付けた手ぬぐいで、戦死者の顔を覆った。そして首を垂れ黙禱をささげた。

学天も兵隊たちも、頭をさげた。誰も口を開かなかった。

頭の上には、戦場に並んだ死体をつつこうとカラスが飛び交っていた。雲一つない空には真昼を少し過ぎた太陽が、カッカと燃えていた。

誰かがフーッとため息をつき、チチと舌を鳴らした。

人々はへなへなと座り込んでしまった。忘れていた飢餓が、いっそう強烈に突き上げてきた。

（七）

敵の攻撃はまたいつ来るかもしれない。しかし亀裂の中の十二名は、みな倒れてあえいでいた。

水は一滴も残っていなかった。だが、のどはからからで、刺すように痛かった。

日はじりじりと照り付ける。

学天がふと死者の腰にぶらさがっている水筒を思いついた。彼はそっとはっていって死体の腰をまさぐり、水筒を探した。彼は震える手で水筒を揺すってみた。

チョロチョロと音がした。

「おお！　水、水だ」

と、彼は喜びにあふれる声をあげた。横たわっていた人たちもパッと跳ね起きた。

「水？」

「おお、水？」

「どこだ」

「どこだ」

学天が目の前に水筒を取り上げた。水筒からチョロチョロという音がした。

「おお！」

十一名が感激にあふれる声をあげた。

「さあ、回し飲みだ、一口ずつ」

と、学天が水筒のふたをポンとはずした。

のどをならし、唇をなめると、十一名の視線がそこに集中した。水筒の口に唇を当て、水を飲もうとして、学天は思いとどまった。心の中で思った。

〈半分もない水だ。一人で飲み干しても充分でないものを――十二名が――〉

しかし、のどは燃えるように熱かった。

〈だけど、おれはがまんできる〉

彼はのどが渇いてあえいでいる戦友たちの顔をもう一度見つめた。彼は目を閉じ、そっと水筒を側にいる部下に回した。

水筒は一人一人一口ずつ回って、最後に時光のところに来た。そして時光の手から学天に回ってきた。学天がその水筒を受け取った。

日差しはなおも照り付けていた。しかし、人々は無言だった。あえぎもしなかった。倒れもしなかった。

学天の手にはからになっているはずの水筒が、チョロチョロと音をたてた。水筒の水は一口も減らずに、そのまま残っていた。

頭の上にはカラスの群れがガアガアと鳴き叫んでいた。

友軍が昼のあいだ中断していた攻撃をまた再開した。

そのまま夜になった。

戦場はまた混乱を生じた。

亀裂のなかの十二名も飛び出した。そうしてその地点まで進出した友軍部隊に合流しようとした。

すでに、あるところでは白兵戦が繰り広げられていた。

「あ！」

と、先頭に立って銃を撃って走っていた学天が弓のように身をのけぞらして倒れた。

「よう」

「どこだ？」

と時光が走りより、抱き起こし、急いでたずねた。

「大腿部」

学天が答えた。

「がまんしろ、痛くても」

時光が負傷者を肩にかついだ。

「あ！　うーん」

学天は苦痛に耐えようと、歯を食いしばり、

「待て、ちょっと」と言った。

「なんだ？」

「ちょっと待て——うーん、俺はほおっておいて、トンムは無事に——」

「なんてこと言うんだ。ちょっとがまんしろ、痛くても」

と、言って学天を背負ったまま何歩か前に進んだ時光は、

「あ」と叫んで、左腕を垂らした。

（八）

乾いて黄ばんだ草の上に、赤や黄色の木の葉がぱさぱさと音をたてて散った。澄み渡った空は高かった。トビが一羽ゆうゆうと空中に大きな円をえがいて舞っていた。春のように温かい日差しがそそぐ草原に、二人の若い男が寝そべっていた。一人は足が一本なかった。そしてもう一人は腕がなかった。

「おい、こんな時、オルゴールがあれば良いのになあ」

こう声をかけたのは、足を失くした学天だった。

「うん、そう。でもオカリナがあったら、なおいいのになあ」

こう返したのは腕をなくした時光だった。

「いやあ、おれがまちがっていた」

学天が謝罪するように言った。

「いや、お互い様さ」

時光が後悔するように言葉を返した。

二人は言葉少なだった。考えてみれば感慨深いことだった。

「今度こそ二人三脚だな」

と学天が言った。

「いや、二人三腕だよ」

と時光が受けた。

「三脚だ」

「三腕だ」

「こいつ、また意地をはるのか」

と学天が横に置いてあった松葉杖を引き寄せると、

「おまえこそ意地っ張りだな」

と時光は杖をさえぎるそぶりを見せた。

二人はたがいに顔を見つめ合った。そして、

「アハハ――」

「アハッハッハ――」

と大笑いした。

空中でぐるぐるまわっていたトビが、何かみつけたのか、サッと身をひるがえすと、矢のように向こうの森の中に落ちて行った。

「なあ時光、いや、金時光同志、われわれ不具者同盟を結成するのはどうだ？　ただし、これは正式な提議だ」

と学天が提議した。

「よろしい。金学天同志の提議に正式に賛同する。どうだ？」

「ハハハ――」

「ハハハ――」

二人は向かい合って、またひとしきり声高く笑った。彼らの胸は希望に満ちあふれてい

た。

背中に降り注ぐ日の光は、相変わらず熱かった。

ソウル、『新文学』一九四六年四月

たばこスープ

（一）

打仗的時候児（ダージャンダシーホル）〔中国語で戦争をするときの意〕なるあだ名を有する文丁三（ムンジョンサム）は、朝鮮義勇軍第×支隊のなかで、のろまで怠け者としてはまさに群をぬいていた。彼は一日十六時間睡眠制の提唱者であった。彼が口をきくのは、やむを得ず、どうしても言わねばならない、どうにしてもそのままではすませられない場合に限るのだった。彼のしゃべるテンポはというと、あたかも蓄音器のゼンマイがたるんでしまった時のような速度だった。

軍官学校時代のことだった。日曜の外出のとき、服装検査をした区隊長が、彼のあかだらけの顔を見て、「なんだおまえ。一体、いつ顔を洗ったんだ？　顔ぐらい洗ったらどうなんだ」と言うと「とんでもありません。毎月かかさず洗っております」と答えて平然としている彼であった。

訓練を受けるのがあまりにつらくて、いっそ学校の医務室に入院してしまおうとして〈入院さえすれば、寝台にねそべって一日中起きなくてすむから〉仮病を使った。ところがそれを軍医に見破られ、ひまし油を一杯のまされ、その場で全快しましたと宣言したこともあった。

彼に栄誉ある称号「打仗的時候児（ダージャンダシーホル）」が与えられた歴史をさかのぼってみると、次のような次第である。

ときはやはり軍官学校時代。ところも軍官学校の野外演習で班単位の攻撃が行われた。その日の課目は散兵半群〔敵前二百メートルに達したとき、小銃班と機関銃班に分かれ、交互に援護射撃をして前進し、さらに接近すれば手榴弾を投げたのち、白兵戦に突入する作戦――訳注〕の形成だった。教官が一度、中隊長が一度、区隊長が一度、見習士官が更に一度と耳にたこができるほどくりかえして説明した。そして演習も無事に終わって、全中隊を集めて講評が行われたときのことだった。

　これはよくできたが、あれはだめだった。それはあんなふうにしてはだめで、こういうふうにしなければいかんという具合に、ひとしきり手振りをまじえて講評していた中隊長が、突然、

「第二区隊前列、はしから三番目！」

とどなった。指摘されたのは、まさに文丁三が占有している位置だった。すると、その位置の占有者は、この不意の奇襲にハッとして、

「ハッ！　ハッ？」

　とあわてて答えた。

「どうだ、ひとつ答えてみろ」

「？」

「散兵半群の作戦はどんなときに用いるか？」

　中隊長は講評のあいだ中、文丁三が、顔は自分の方に向けているが、講評は耳にはいらず、確かに何か考えごとをしているのを、見抜いたからだった。

「……？　……」

銃床をギュッとにぎって不動の姿勢をとったこの学生は、口をつぐんだまま、両目を大きく開いて中隊長を見つめ、そのまま身動きひとつしなくなってしまった。

「なぜ答えんのだ?」

全中隊の視線を一身にあびて、問題の主人公は、超人的な速度で記憶の倉庫を上へ下へとひっくりかえして探してみたが、めざす散兵半群というもっとも緊急でもあり大切でもある物体は現れなかった。

それもそのはずだった。文丁三は、それより前、何カ月ものあいだずっと〈つまり敵空軍の南京空襲に非常な刺激を受けて以来〉研究に研究を重ねてきた装甲航空機の発明が九九パーセント完成しようとした瞬間になって、一大難関に遭遇したのだった。それで昨夜からその不意にあらわれた障害を克服しようと、全身全霊をすべてそこに傾けていたところだったからだ。それは、過去何カ月間か、苦心惨憺した努力が水泡に帰すか否かの分かれ目であると同時に、進歩していく現代科学の粋を集めて立体化した抗日戦争の勝敗にかかわる問題だと思えたからだった。

七・九ミリ鋼板で装甲されたこの航空機は、どんな高射砲弾、速射機関砲弾にもビクともしない空中要塞だった。その飛行速度と飛行継続力と積載量は断然、全世界に類がない優秀なものだった。そのことこそ彼が発明の情熱を猛烈にかきたてられた源であった。それがほとんど完成されようとしたとき、彼は本当に寝食を忘れたかの如くであった。

　ところが予期せぬ難関にぶつかってしまった。その難関というのは特に変わったことではなく、この完全無欠な超特級空中要塞の完成品は、それ自体の重量が原因となって、ただの一センチも地面から浮かぶことができなくなるということだった。お先まっ暗であった。どうしたら飛び立てるか、どうしたら浮かびあがれるかと思いあぐねているから、彼は何を見ても見えず、何を聞いても聞こえず、何かをしても何をしているのかわからない有様だった。このように研究に没頭している彼にとっては、散兵半群などは問題にもならないからだった。

「どうして答えんのだ？　聞こえんのか？」

　中隊長は、また重ねて聞いた。この受難の発明家は非常な決心をしたように目をギュッとつむった。そして重々しくゆっくり答えた。

「｜是打仗的時候児用的《シーダージャンダシーホルユンダ》（戦争のとき用いるものであります）」

　吹き出す笑いをやっとこらえ、厳粛を装って中隊長が重ねて尋ねた。

「｜不是吃的時候児用的嗎《ブーシーチーダシーホルユンダマ》？（めしを食うとき使うものじゃないのかね？）」

文丁三はまた答えた。

「不(ブ)、這是(チェシー)打仗(ダジャン)的(ダ)時候児(シーホル)用的(ユンダ)（ちがいます。それは戦争のとき使うものであります）」

全中隊が笑いを爆発させた。一直線に並んだ隊列がまるで何か大きないも虫のように、うねって笑いに揺れた。

装甲航空機の研究は、ここに到ってついに一度も飛び立つことなく破棄されてしまった。文丁三は、何カ月かの間たまりにたまった睡眠不足と過労が一度に出て、その日の夜から寝こんでしまった。

（二）

「打仗的時候児」が朝鮮義勇軍第×支隊で輜重(しちょう)を受けもつようになった理由はこうだった。

彼は目を閉じられなかったからだった。二つの目を同時に閉じられないのではなく、片方の目だけを閉じられないのだった。閉じようとすると、二つとも閉じてしまい、あけようとすると二つともあいてしまう。とすれば、どちら側であれ片方の目だけは閉じられないことになる。

日常生活の上では、別に不自由でもなく、もちろん不具でもなかった。しかし、彼は革命を行うべき人間であった。わけても戦争をする人間だった。彼はいつなんどきでも、銃を撃たなければならない人間だった。銃は弾をこめて引き金さえ引けばそれでよいというものではない。当たらなければ何にもならない。遠くであれ近くであれ、大きかろうが小さかろうが、目標に命中させなければならない。銃を撃つ意義がそこにある。しかし、命中させようとすれば狙わなければならない。狙おうとすれば片目をあけなければならない。両目を同時に閉じては無論だめだが、だからといって両の目をみなあけても目的を達することはできない。不幸にも、彼はこの点（もっとも重要な）において、その不具にあらざる不具によって適任者たることができなかったのである。しかし軍人というものは、必ずしも銃を撃つことにだけ、その資格があるのではない、銃を撃てなくても軍人の役割を果たすことはできる。つまりよく言えば輜重。ありていにいうと馬を引くことだ。馬を引くのは盲目でさえなければなんの支障もないからだ。

文丁三はもって生まれた性格としてあらゆる動作がはなはだしくのろかったが、それでも熱意をこめて一生けんめいに仕事をした。ときどきひどい延着をやって全隊の行動計画をめちゃめちゃにしてしまうことはあったが……。

ある星ひとつない、曇ってまっくらな夜のでき事だった。それは夜の行軍の上に強行軍が重なった緊急かつ長距離の行軍であった。

文丁三は駄馬に軍の食糧を積んで隊列について行った。山道に入ると彼は次第に隊列からおくれはじめた。はじめは十メートル、二十メートル、五十メートル、百メートルというように、すこしずつ離れていった距離が、ついには大きく離れて隊列は隊列、彼は彼とばらばらに行軍するようになった。夜が明けかけたころ、彼は尿意を催した。そこで、たづなを背にのせたまま、馬を先にやっておいて用を足した。それからのんびり馬の後を追って行った。そのときだった。前を進んでいた馬が急に「ヒヒーン」という声をたてて倒れてしまった。倒れたばかりでなくその険しい山道から姿を消してしまった。彼はびっくりしてかけて行ってみた。そこは崖だった。馬はすべって倒れた勢いで、重い小麦粉の袋をそっくり背負ったまま崖の下にころげ落ちてしまったのだ。

この職務に忠実な男は、すぐそのそう深くない崖の下へと、かけおりていった。馬は悲鳴をあげて横にたおれ、四本の足をバタバタさせていた。

彼はありったけの力を出して、小麦粉の袋をほどいて荷物をおろすと馬を助け起こした。しかし事態はいささか深刻になった。馬は歩くことができなかった。すべってころんだはずみに左前足が折れてしまったのだった。

「ウーン、こりゃこまった」

彼はため息をついた。夜はしらじらと明けてきた。しかし誰も助けてくれる者は現れなかった。彼は道なき道を踏みわけて人家を探そうとした。谷間には朝もやが深くたちこめていた。彼は長いことさまよい歩いた。しかし人家は見つからなかった。たとえみつけたとしてもこの戦争のさなかに家に残っている人がいるはずもない。空き家、それは今の文丁三には何の助けにもならない。もやが晴れはじめた。しかし、めざす人家は現れなかった。

「ウーン、こまったぞ」

彼はまたひとつため息をついた。彼は失望した。失望すると力がすっかり抜けてしまった。力が抜けると、今度は急に空腹を感じた。彼は夜どおし、何も食べずに歩きづめだったのを思い出して、何はともあれまず戻って（食糧の袋を馬の背にのせてきてしまったのだった）腹ごしらえをして、その上で、なんらかの方法を考える必要があると思った。そして彼は事故を起こした場所に戻るべく向きを変えた。すると「メー」というまるで力ない幼い子供が泣く声のような水牛の鳴き声が聞こえて来た。

「オヤ？　あれは水牛だ！」

と彼は、ハタと立ちどまって耳をすませた。「メー」また鳴き声が聞こえた。

「しめた」

文丁三はあまりうれしかったので、自分の手で自分の尻をポンとたたいてこう言った。そしてその鳴き声のする方へかけて行った。灰色の毛と大きな蹄、二つの角。それはまちがいなく水牛だった。鼻につながれた綱をずるずる引いてのそりのそりと歩いていく……。文丁三は、うしろにまわってその地面に引きずっている綱をギュッと踏んだ。近くの村の農民たちが避難するとき、主人にはぐれて歩きまわっていたこのおとなしくかつ愚かな動物は、何の抵抗もなく見も知らぬ男に引かれてきてしまった。文丁三が馬からおろした荷物を、引いてきた水牛にのせておいて腹ごしらえをし、あわれな馬の額にピストルのたまを一発打ちこんでやって、その場所を出発しようとしたときには、すでに日はかなり空高くのぼっていた。〈少なくとも四時間はおくれをとった。隊列はすでに二十キロ近く先に行っているだろう〉とこう考えて、彼はしきりにムチを打った。しかし、この耕地工作から輜重に自由意志によらずに急転向をした動物は、前の職業意識にとらわれてスキを引くときと全く同じように、堅実だが緩慢な歩調に終始するのだった。正午ごろになって山路が終わって、平地におりた。文丁三は、ムチで打っても反応がないのを知ると、速く行くのをあきらめてしまった。〈おくれてもまちがいなく行けるだけでもめっけもんだ〉と考えて、彼は綱を牛の背にあずけ、うしろからのそりのそりついて行った。彼はあれこれ考えごとをしながら、道ばたの草の葉をむしっては手のひらの上にのせ、こすったりつまんでみたりして捨てては、また新しいのをむしったりしながらゆっくり歩いた。しばらくそうして進んだとき、前を行く牛が急に道からそれてとんでもないところへ、のしのしと踏みこんで行ってしまった。

「あ、この牛めが！」

と驚くまもなく、水牛は澄み切った青い空と白い雲を映している池に駆け込んでしまった。前足にけられて水がはね、ドボン、ドボン、パチャ、パチャと音がした。耳と目と鼻と小麦粉の袋を少し残して牛の大きな体は水中に没してしまった。そして大きな目だけをパチクリパチクリさせながら、呆然として池のへりに立って見ている新しい主人の奇妙な表情をながめていた。この動物のこのような習性を知らない文丁三ではなかったが、ついいつも馬を引いている習慣が彼にこの動物と水のあいだにまつわるゴムひもの如く弾力ある関係をうかつにも度忘れしてしまったのだ。地団駄踏んでも叫んでも、石ころをとって投げても水の中にがんばっている牛はビクともしなかった。どのくらいたってか、袋の中の小麦粉が最後の一袋まで完全に水を吸ったころになって、やっと自分の生理的満足を得た動物は、自分から騒がしい水音をたてて陸地にあがってきた。こうして落伍した輜重兵の駄馬は、しばらくのあいだ、運動場に引くような白い線を道の上に長く長く引いて行くことになった。

輜重隊における文丁三の歴史は、ここに幕を閉じることとなった。

その日の夜、支隊部の命令は「文丁三を炊事班に補充する」であった。その理由は炊事班で文丁三が必要だというのではなかった。それはひとえに輜重隊で文丁三が必要でないという理由によるものであった。

（三）

この長距離の行軍は文丁三個人の部署移動にはなんらの障害もなく続けられた。次の日の夜おそく部隊が設営したところは、ある公道沿いの人のいない村だった。住民たちは、隠すものを隠し、持つものを持ち、頭にのせ、背負い、引き、四方八方に戦禍を避けてみな散っていってしまったあとだった。

「文同志（トンム）、野菜をちょっと探して来てくれ」

忙しくててんてこまいしていた炊事委員は、文丁三が何をしていいのかわからず、ぼんやり立っているのに気付いてこう言いながら、大きな麻袋を一つ渡した。

「野菜？」

「ああ、どの畑にでも勝手に入ってとってくりゃいい。今は持ち主もへったくれもないんだから」

「どんな野菜を？」

「ああ何でもあるやつでいいんだ」

文丁三は麻袋を持って外に出た。真暗な夜だった。彼は懐中電灯で道を照らしながら、持ち主のない、そしてどこにあるのかわからない野菜畑を探しに行った。しばらく行くと、電灯の光の中にパッと、青々とした野菜がびっしり植わっている畑が浮かびあがってきた。

「こりゃしめた」

彼は畑の中にかけこんだ。よだれがたれるような野菜の株を、片方の手で懐中電灯を照らしながらもう片方の手でギュッと力を入れて引き抜いた。根っ子に土が付いてきた。彼は自分の足の甲にあてて、土の付いた根をトントンとたたいた。そして懐中電灯は腰の袋に入れてしまい、その手で麻袋の口をおさえ、土を落とした野菜を入れた。それからは、真暗な中で機械的に、抜いてたたいて入れてという動作をくりかえした。しばらくそうしていると腰が痛くなった。すると彼は腰を伸ばして、片手をうしろにまわし、痛いところを、トントンたたいた。そして暗い空に向かってため息をひとつフーッとはき出した。ひとしきりそうやって働くと、彼は両手で袋を持ち上げてみた。重くて簡単には持ち上がらなかった。彼は懐中電灯を出して照らしてみた。そして、

「うん、よしよし、もうこれぐらいでよかろう」

と、ふくらんだ麻袋を背負った。〈輜重より炊事の方がいいかもしれないな〉彼は心の中でそう思った。〈輜重では失敗したんだから今度は名誉回復しなくちゃ〉麻袋をかついで歩きながら彼は闇の中で、一人ニヤリとした。

「おい、袋いっぱいだぞ」

炊事委員の前に、かついで来たものを、ドサリと運び入れてこう言った文丁三は内心〈どうだいおれの手並は、ざっとこんなものさ……〉と、調子のよいことを考えていた。しかし忙しくててんてこまいの炊事委員は文丁三の偉大な功労には全く無関心な態度で、

「ああ野菜、じゃさっそく、それを何でもいいから適当に、早いとこその釜に入れて煮てくれ。ほら塩だ」

と塩の袋を投げてくれて向こうへ行ってしまった。あてがはずれた文丁三は非常にがっかりしたが、それでも仕方なく、かついで来た野菜を麻袋から出して炊事委員の言った通りに、何でも適当に早いとこ行軍釜に入れて、水を注いで塩を目分量で入れてかきまわすと、ふたをして火を付けた。そうしてから彼は火の前に坐って、こっくりこっくりと居眠りをはじめた。彼はしばらく居眠りをして、

「オイッ、どうした。スープはできたか？」

と後ろから肩をたたかれ、驚いて目がさめた。

「ウッ、ウン、す、すっかりできたぞ」

文丁三はとび上がってこう答えた。

「それじゃ早くよそわなきゃ。みんな腹がへって死にそうなんだから」

「ああ、よそわなくちゃ」

「さあ、ほら、桶」

「うん、そこに置いてくれ」

眠気がまださめず、ねぼけまなこで文丁三は釜のふたをサッとあけた。音をたてていた蒸気がフッと吹きあげると、異様なスープのにおいが鼻をついた。彼は釜の中から、スープを桶に移した。一杯、二杯、三杯、また一杯。スープの桶は各隊別に分けられて、各隊当番の手で運ばれた。こうして飢えていた人々のおそい夕食が始まった。行軍の果てのおそい夕飯のその味といったら、平和な時代の普通の社会の人などには想像もつかない種類のものだ。文丁三も最後に自分の分のスープをよそって、うつわをとって熱いスープを一口飲もうとしたそのときだった。

「あっ」

「こりゃなんだ？」

「あっ」

「えっ、ぺっぺっ」

という声が各隊から起こった。文丁三は手にしたスープのうつわをもとへ戻して声のする方をふりかえった。

「いったいこれ、人間の食い物かよ」

「おい、炊事委員、こりゃ何のスープだ？」

「ちょっと……」

「どうなってるんだ一体？」

「ちょっと待ってくれ。おれが行って聞いてくるから」

文丁三はわけもわからずぼんやり坐っていた。炊事委員が走って来た。

「おい、文同志（トンム）、そのスープ」

「スープ？」

文丁三はこう反問して自分のスープのうつわと炊事委員の顔を交互に見くらべた。

「一体、そりゃ何だ。同志（トンム）、味はみたのか？」

「スープの味？」

「そうだ」

「いや」

「はやく味をみてみろ」

「どうして、何がどうだっていうんだ」

こう言いながら、スープのうつわを持って一口ツーッとすすった文丁三は、ウワッと言ってうつわを落とし、口にしたスープをすっかり吐き出してしまった。それはタバコだった。いやタバコのスープだった。

その夜、支隊部の命令は、〈文丁三を連絡員に補充す〉であった。それは連絡員が不足したからではなかった。ただ炊事班で文丁三をもてあましたからだった。

文丁三の炊事班勤務の歴史は一日と二時間だった。こうして次の日、部隊が出発したときから、連絡員文丁三の一大決心による雪辱の大活躍が開始されることとなった。

（四）

睡魔、これに耐え抜いた英雄はいない。敵の鉄条網の下で、いびきをかいて夢までみながら深く眠って、朝が来ても進むこともしりぞくこともできず、にっちもさっちもいかないことが戦場では珍しくない。

文丁三も英雄にはちがいなかった。だから同じく睡魔に耐えられない点も、やはり共通していた。こう言っただけでは隔靴掻痒の感は免れない。そこでこの文章の冒頭に書いておいた説明をもう一度記しておこうと思う。〈打仗的時候児なるあだ名を有する文丁三は、朝鮮義勇軍第×支隊中第一ののろまと目されていた。彼は十六時間睡眠制の提唱者であった〉。今度の行軍の途中だけでさえ、輜重で一度、炊事班で一度、重ねてしでかしたこのようなすべての不可抗力の過失に責任を感じ、また刺激を受けた文丁三は、非常な決心で連絡員の任務を完遂すべく活躍した。

名誉回復。雪辱。この二つの言葉が頭からかたときも離れなかった。彼は緊張していた。ひきしぼった弓のように、ピーンと張りつめて少しもゆるむことがなかった。しかし彼も人間だった。二十四時間かたときも休みなく、いつも引き続いて緊張していることができないのは全く明らかなことだった。過度の緊張の果てに必ず来るものが、この連絡員の上にも来た。戦備行軍中の重要な連絡任務をうけた文丁三は、コックリコックリ居眠りを始めた。

やはり真暗な夜だった。戦争の経験がある者なら、誰でもみなよく知っている行軍中の睡眠、つまり、歩きつつ眠り、眠りつつ歩く、いま文丁三はそれを行っていた。しかしこれは夢遊病者のそれとはわけがちがう。夢遊病者は巧妙に、意識しようがしまいが、障害物を避ける。それどころか更に一歩進んで、サーカスの綱渡りのような冷や冷やする冒険を朝飯前にやってのける。しかしこういう場合とはちがって、行軍中の睡眠というのは危険千万なのだ。崖であれ小川であれ地雷であれ、その他どんなものであれ、ぶつかりさえすれば、眠りもさめぬうちに命を失いもすれば、どこかに吹き飛んでもしまうのだった。過労からくるこのような惨劇は防ぐことができない。もしできるとすればそれはただ一つの方法、戦争をやめる以外にない。

戦争は階級社会が持つハシカだ。

この人類社会の惨劇を根絶する唯一の方法は、正義の革命的戦争で反動的略奪戦争を克服することだ。戦争は戦争で圧倒しなければならない。過去数千年のあいだ、数多くの人が熱い涙をもって、戦争をし略奪する人々の良心に、その罪悪を訴えて来た。その慈悲心を呼び起こそうと限りない努力がなされた。しかし戦争は止まなかった。それどころか時がたてばたつほど一層、残酷に残忍に、大きく頻繁に、増えていくばかりだった。文丁三が従事する戦争は、この惨酷な戦争をなくすための手段としての戦争、つまり正義の革命的戦争だった。文丁三は人類の不幸に対して同情の熱い血をわきたたせる革命的軍人だった。しかしながら同時に彼は人間でもあった。だから彼は眠った。眠りながら歩き、歩きながら眠った。しばらくこうして一人で歩いていたが、

「あっ」

という叫び声をあげて彼は何かにつきあたってひっくりかえった。目がさめた。さいわいにも、それは崖でも小川でも地雷でも、その他の何物でもなかった。彼がぶつかったものは塀だった。石垣――小さな祠堂をとりかこんだ低い……。

皮がむけたらしい額と、打った膝をかわるがわるなでながら彼はため息をついた。

「あー、こりゃこまった」

どこがどこやらさっぱりわからなかった。彼は空を見上げた。いつの間にか星がいっぱ

い出ていた。

「そうだ、あれが」

と彼はつぶやいた。

「あれが北斗七星だからあそこから五倍、まちがいなくあれこそ北極星だ」

彼はきちんと北極星に向かって立ち、両手をひらいた。

「右が東、左が西、うしろが南だから……」

彼は左に半分くらい回って、

「西北、そうだこちらへまっすぐ行きやぁいい」

とその方向をまっすぐに見た。そこには、星の光で、木の繁った林が真っ黒に横たわって行手をさえぎっているのが見えた。

「うへっ、あの道をどうやって越えようか……」

彼は身ぶるいした。彼の行手をさえぎっている林は、怪談に出てくる悪魔とその悪魔が住んでいる巣窟を彼に連想させた。風が吹いた。林がゆれた。怪物のような木々が何ともいいようのない恐ろしい音をたてた。

文丁三は腰のピストルと手榴弾をさわってみた。しかし勇気が出なかった。錐(きり)とかんしやく玉で熊狩りに行くより自信がなかった。

「どうしよう」

彼は迷った。

「行こうか、行くまいか？」

彼は自分自身を納得させる口実を見つけた。

「夜が明けてから行動しなければ……暗い中でやたらにとび出してまた道に迷っては、かえってよくないからな」

彼は心を決めた。

「そうだ、明るくなってから行こう」

彼は急に眠くなってきたようだった。

「ここで、この特等ホテルで一泊だ」

彼はひとりニヤッとして塀の中に入って、祠堂の見上げるような石の階段をしのび足でのぼって行った。そこには稲ワラが敷かれてあった。

「おやっ、おれだけじゃないらしい」

先に通った軍隊か？　そうでなければ乞食か？　とにかく人が眠っていたことだけは明

らかだった。

彼は横になるとすぐ彼の特技を遺憾なく発揮した。絶え間ない緊張とつらい行軍に身も心も完全に疲労していたことも事実だった。彼はしばらくの間死んだように前後不覚に眠った。夜がしらじらと明けてきた。

「おやっ」

耳なれない話し声と人の来る異様な気配に、ハッと驚いて目がさめた文丁三は、無意識のうちにピストルの台じりをつかんだ。そしてワラの寝床の上に腹ばいになったまま耳を傾けて息をころした。何かブツブツ聞きわけられない言葉が聞こえてきた。それは明らかに石段の下からだった。文丁三は勇気をふるい起こして、そろそろと這って階段の前まで行った。そしてそぉっと首を伸ばして、階段の下を注意深くうかがった。

「あっ」

彼はすんでのところで声を出すところだった。胸が早鐘を打ち始めた。

階段の下で、枯枝を集めて火を付け、アルミニュームの鍋で何かを煮ているのは二人の日本兵だった。二対一、――遭遇戦の幕は切って落とされたのだ。二人は互いに向かいあって坐っており、一人は木の枝を折って火をたき、一人はときどき鍋のふたをあけて、はしでかきまわしたり、ギュッとさしてみたりしていた。そして何かぶつぶつ互いに言葉を交わしていた。文丁三は直感的に、〈ああ、こいつらも道に迷ったんだな〉と思った。〈たった二人ぐらい問題ではない〉しかし、胸は依然として砧を打つようだった。彼は心を静めるために、深く一度深呼吸をした。そしてそっと腰の手榴弾をとってふたをあけた。彼はもう一度頭を上げて階段の下を見おろした。二人は依然として向かいあって何かブツブツ話していた。

文丁三は手榴弾のピンを引き抜いた。鈍く雷管に火のつく音がして、続いてサイダービンの栓をあけたときに出るような、シシシシッシッという音がした。彼は心の中で、ひとつ、ふたつ、みっつとゆっくり数えた。三つ数えた彼は二人が向かいあって坐っている丁度まんなか、鍋の上に、爆発する二分の一秒前に手榴弾を投げおとした。手榴弾は鍋のふたにあたったとたんに、大きな音をたてて爆発した。鍋もスープも木の枝も、向こう側のやつもこっち側のやつも一瞬に飛び散ってしまった。文丁三はとび上がって万歳を叫ぼうとした。しかしそのとき急に、外からまた敵兵が一人とびこんで来た。爆発音に驚いてかけこんできた敵兵はこの意外な惨状に、その原因がどこにあるかもわからず、呆然と同僚の死体をみつめていた。これを見た文丁三はそっとピストルの台じりをにぎった。

しかし次の瞬間、彼の頭には自分の射撃命中率がふと思い浮かんだ。彼はピストルを置き、またそっと腰の手榴弾をはずした。さっきと同じように、ふたをあけピンを抜いて、三つ数えて、破裂直前の爆発物を、ポカンとして立っている敵兵の足もとに見舞ってやった。

こうして三人をやっつけた。しかし文丁三は伏せたまま動かず、しばらく周囲の動静をうかがっていた。五分、十分、十五分が過ぎても何の気配もなかった。

「よし、やった」

やっと安心して彼は階段を降りて来た。しばらく三つの死体の前でためらっていたが、そのまま塀の外に出てしまった。

「おっ！」

文丁三は立ち止まった。そこには敵輜重隊が使用する黄色い幕をトンネルのように張った四頭立ての馬車がとまっているではないか。これを見た彼はこう推測した。三人が馬車に乗っていて道に迷い、腹がへって、二人は食事を作り、一人が残って馬車の番をした、はははぁ、ありうることだ、彼は大胆に近寄って荷物を調べてみた。

たばこ一箱、酒一箱、缶づめ五箱、その他にもいろいろ。それは全部軍隊の食料品だった。

「よし、しめたぞ」

彼は敵兵が残していったムチをとって、さっそうと馬の尻にあて、手綱を引いた。馬は走った。方向は西北。林の中の道を、四頭立ての馬車はガタガタやかましい音をたてて、かなり速く走った。

（五）

「報告！　支隊長殿！　準備終了！」

「よし！」

支隊長はたばこの火を消して、椅子から立ち上がり炊事委員の後について外に出た。

宿営地の昼食、実際は朝飯だった。夜のあいだじゅう行軍して、太陽が出てから設営した部隊は、太陽が頭の上にきたとき、その日の最初の食事をとることになった。しかし長い戦乱に荒れ果てたこの地方では食糧難がひどかった。主食の供給だけはどうにかできたが、副食物の供給はまにあわなかった。抗日の各部隊は副食物の飢饉状態にあった。

塩だけの飯、戦場で食い物以外には何の楽しみもない軍人たちに、これは耐え難いことの一つだった。

朝鮮義勇軍第×支隊の今日の昼食が、まさにこの塩だけの飯だった。食事ラッパが力強く鳴り渡って、全支隊員がワッとばかり、しかし秩序整然と集まって来た。

「同志(トンム)諸君！　今日わが炊事委員たちは、全力をあげて、われわれの食糧問題を解決すべく努力した。しかるに、周囲の状況と、全ての不利な条件が、彼等の工作を……」

支隊長の言葉をこれ以上聞かなくても、隊員たちはみな、その前に置かれている白い粗塩を見ただけで、充分に理解することができた。

「……しかし、革命軍人は困難を克服し……」

支隊長は言葉を続けた。あちこちでエヘン、エヘンと、もう十分わかりましたよ、というようにせきばらいが聞こえた。支隊長はニヤリとして、

「しかし、この塩には、人体に絶対必要な……」

と塩の栄養価値を述べようとした、まさにそのときだった。

「報告！　支隊長殿！」こう叫んで庭にとびこんできたのは、村の入口に立っていた衛兵だった。

「打仗的時候児が……」

「？」

「ちがいます。打、打、いや、文丁三が、か、かえって来ました」

「文丁三が？」

「ハッ、ハイ」

「どこだ？」

　衛兵がまだ答える間もないうちに、騒がしい馬の蹄の音とガタガタする車の音と、まるでヒュッという風のような長いムチが空気をさく音と共に、黄色いテントをカマボコの形に張った敵軍輜重の四頭立て馬車が一台、かけこんで来た。口に泡を吹いた四頭の馬の頭が支隊長の鼻さきに、ヌッとつき出された。支隊長も全支隊員もみな目を見張った。報告しようとした衛兵は、自分がわざわざ説明するよりは、直接みんなの目で見るのが、一層簡単で、効果的だと考えて、そのまま口を閉じて遠くの方へ引っこんでしまった。

　馬車から人が降りた。人々はもう一度驚いた。それは文丁三だったから。文丁三はゆっくり歩いて支隊長の前に来た。挙手の礼をした。

「報告！　支隊長殿！　文丁三、ただ今、帰隊いたしました」

「お！」

「戦利品を披露いたします」

彼は手を上げて馬車を指し示した。そしてまた不動の姿勢に戻って、

「食料品、都合十一箱、うち……」

彼は、同志たちの前に置かれている塩をそのとき発見して、声を高くして、

「缶づめ、缶づめ五箱」

とどなった。しかし、彼はその瞬間、たばこスープの失敗の場面がふと頭に浮かんだ。

それで無意識のうちに、

「たばこ一箱、これは今でなく、あとで食事がすんでから……」と注を付けた。

「ウハハハ」

「フフッ」

「ワッハッハ」

「たばこスープ」

「ワハハ」

「あいつおれたちを、山羊かなんかと間違えてやがる」

「ワッハッハ」

塩の飯のウサを吹き飛ばすように笑いが爆発した。缶づめと酒とたばこと、その他いろいろ、眠って落伍したおかげで、文丁三は偉勲を立てたのだった。

文丁三は、報告を続けた。

「馬車一台、馬四頭、ところで支隊長同志(トンム)」

「こいつは」

と彼は手を上げて、前足で地面をガリガリひっかいている馬を指して、

「いくら水を見ても、今しがた二カ所も池を通りすぎても一度もかけこもうとしませんでした」

「水？　池？」

「はい、あのその――」

隊列からは、再び笑いが爆発した。

「ハッハッハ」

「フフフ」

「あいつ水牛にすっかりこりたんだ」

「フフフ」

「馬だもの当り前さ」

「ハハハ」

文丁三は報告を続けた。

「支隊長同志、わたしは、わたしは――」

「?」

「ね、ねむくて、とてもたまりません」


ソウル「文学」一巻一号。朝鮮文学家同盟。一九四六・七・一五発行

勝利の記録

（一）

一九四一年十二月のある日、中国河北省太行山山麓の胡家荘で、迫撃砲を携えた約一三〇名が、日本軍八〇名と五〇名の皇協軍を相手に二時間戦ったことがあった。

この戦いで韓清道、朴喆東、孫一峯、王現淳の四名が犠牲になり、隊長金世光、分隊長趙烈光の二人が負傷した。そして二人の青年が行方不明になった。

いまこの事実を記録しているのは、まさに行方不明になった二人のうちの一人であるわたしだ。

大腿部に敵弾を受けて急な斜面を転がっていったわたしは、岩に頭をぶつけてそのまま意識を失った。気が付いたときはすでに敵の担架に乗せられていく途中だった。足の骨が弾丸にけずられて、鉄のキネのように重く、のどが焼けるように熱かった。出血過度からくる吐気と傷の痛みが耐えがたかった。

突然高地から飛んでくる弾丸が、続けざまに鋭い音をたて身のすぐ脇をよぎった。それはわが戦友たちが発射したものであった。

多くの「無敵皇軍」が慌てて岩の下に首をすくめて隠れた。腹をたてた下士官が、銃床と軍靴で、天に向かった部下たちの尻を殴ったり蹴ったりした。

「頭さえ隠せばいいってもんじゃない！　バカ、さっさと出ろ」

わたしは戦闘に参加して以来、この時ほど飛んでくる弾丸の前で泰然自若としていたことはなかった。

〈じゃんじゃん撃て！　トンム（同志）たち！　さあこの胸倉に穴をあけてくれ！〉

わたしはこう心の中で絶叫した。こうした場合、同志の弾丸を受けて死ぬのはどんなに幸せか！

〈このまま連れて行かれたら拷問と虐殺があるのみだ。――トンムたちがいる太行山を離れて俺一人どこに行くというのだ！　死ぬならここで！〉

わたしは身をひるがえし、担架から転がり落ちた。

「エイ、こいつ面倒だ、殺して行こう！」

わたしをのせた担架の後ろにつづく一人の敵兵が提案した。弾はつぎつぎ飛んでくるし、行く手の道ははかどらずに、腹を立てて言ったのだった。

「いや、それでも連れて行かなきゃならん――必ず本部まで護送せよとの中隊長の命令だ」

と一人が反対した。

「俺を殺してから行け！　そうでなけりゃ何度でも転がり落ちてやるぞ。俺を連れて行くことは絶対にできん。さっさと殺せ！」

わたしは地面に這いつくばったまま、自分を殺してから行くという奴の肩をもった。

しかし、二人の日本兵は、わたしが中国人だとばかり思っていたのに、日本語を使うのに驚いたようで、互いに顔を見合わせ、何も答えず何の動きも見せなかった。わたしはカネを一銭ももっていないことを後悔した。

〈カネをやれば一発で殺してくれるかもしれん〉

しかし不幸にもわたしの思慮のない言葉は逆効果を起こした。

〈日本語がわかる八路軍――〉かれらの単純な頭の中では瞬間わたしが極めて重要な幹部であると認識したらしかった。かれらはさっきまでと全然違う態度で、反抗するわたしを慎重に助け起こし、また担架にのせた。それは副官が酒に酔った連隊長にやるようなしぐさだった。この時からかれらはわたしがどんな無理を言っても目をつぶって見て見ぬふりをした。

〈この愚かな奴隷の子孫たちよ！　おまえたちは単純な服従の機械にすぎない！〉

その時十余頭の牛が憐れにも泣いて埃をあげながら、聞きなれない怒声と銃床に追われて通り過ぎた。平和な耕作に従事していた牛たちは、異族の強盗の屠殺場に引かれていくのだった。

墨水坳〔地名――訳注〕で軍用トラックに乗せられる直前、わたしを押送してきた一人の敵兵が民家に入って、布団一枚を奪ってきて、寒さで唇を真っ青にしているわたしに掛けた。薄くて垢の付いた布団ではあったが、泣きながらついてきた老婆のしわ深い顔をみて、わたしはそれがその老婆にとっては、なくてはならない貴重な生活必需品であることを察した。

「おばあさん、泣かないで。日本の奴らが奪ったものはわたしが返してあげるから。わたしは八路軍だ」

と、わたしは布団をさっとめくり、ゆっくりとたたんで、もとの持ち主にかえしてやった。老婆は涙と鼻水をぬぐい、ありがとうと言った。

わたしのこうした行為を敵兵は干渉しなかった。いや、あえて干渉できなかった。わたしの威厳がかれらを圧倒したのである。

（二）

わたしは日本兵の死体とともに軍用トラックに乗せられた。すぐわたしの隣に寝かせられたのは腹部貫通銃創を負ったまま、まだ死んでいない奴だった。冬のでこぼこ道をトラックが走る間、自分自身の傷の痛さも忘れて、そいつのざまを残忍な興味をもって鑑賞した。そいつは片手で包帯をした腹をおさえ、他の片手でゆかを引っ掻いた。爪がはがれてそこから血が流れた。

敵の拠点南佐鎮に到着したのは正午もだいぶ過ぎていた。板の間の下に白い布で覆われた七、八個の死体を、講話をする時のように隊列を組んで並べ、隊長は悲壮な作り声で追悼の辞を述べた。

「天皇陛下の赤子を失ったことについて、不肖わたくしは――」

〈このばかやろう！〉わたしは鼻先で笑った。〈おまえのいうその「赤子」を戦場に引っ張り出して殺したのが、他でもなく天皇陛下とか地皇陛下とかいう奴なのに、逆にそいつに申し訳ないだと？　フン！〉

〈打倒共産党〉〈平和救国〉等のスローガンが張ってある部屋のゆかにわらを敷いて、わたしは一晩過ごした。夜になって傷の痛みは極度に達した。うめき声がおのずと出た。わたしを監視する奴に、のどがあまりにからからなので、おもゆを一杯くれと頼んだが拒否された。ほんとにそうなら自分の小便でも飲めというのだった。わたしは夜通し寝てはさめ、さめては寝て、さまざまの奇々怪々な夢を見た。

次の日の昼ごろ、傀儡軍の何人かがわたしを連れに来た。寝床から持ち上げ担架に移す時、銃創がひどく痛くて、わたしは意識を失った。意識が戻った時、わたしは街の真ん中で止まっている馬車に乗せられていた。多くの住民がわたしを囲んで口々に話していた。

「誰かわたしにおもゆを一杯ください」

わたしは取り囲む人々を見て、こう頼んだ。

誰も返事をする人はいなかった。みな急に黙りこんだ。わたしはもう一度頼みを繰り返した。見ていた一人の年寄りが、自分の娘か嫁と思われる若い女性に断固とした語調で言った。

「何をしてるんだ。早くさしあげないか！」

まもなくその女性はどこかに行って熱いおもゆを一杯持ってきた。わたしは女性の澄んだ瞳の中に、その父と同じく敵に対する抑えがたい強烈な反抗と憤怒と、自分らの側に立つわたしに対する共感と愛情を見出した。瞬間、電気のようなものが、全身を走るのを、わたしは感じた。わたしは声なく叫んだ。

〈人民は死んでいない！〉

「ところであんたは——もしかして朝鮮人じゃないのか？」

好奇心をかくせずに、ある人がたずねた。

「そうだ！」笑いながらわたしは誇らしげに答えた。「日本の奴らを打ち破るために八路軍と力を合わせて戦う朝鮮人だ！」

アヘン商人以外に朝鮮人を見たことがない彼らの目に、八路軍の軍服を着た朝鮮人の姿がどう映ったか、わたしは知らない。ただ最小限、中国に売国奴もおり愛国者もいるように、朝鮮にも高麗棒子〔朝鮮人に対する蔑称――訳注〕でない人間もいるということだけは分かったであろう。

急に人垣が崩れると、背が高く目つきの悪い中年の男が入ってきた。

「おまえたち、おれを捕まえようとわが家を捜索しただろう？」

と、彼が聞いた。そしてわたしの返事を待たずに、自分の姓名を名のった。

〈ああ、こいつだな。四日前にわれわれが中国のトンムたちとともに墨水坳を包囲して捕まえようとしたが、逃がしてしまった奴がいま目の前にいる〉

わたしは率直に自分の心情を吐露した。

「ここで出会うとはついてないな。遺憾千万だ！」

「このやろう！　今すぐにもくたばる奴が、口だけは達者だな」

そいつは地べたから古いわら靴を拾い上げ、わたしの顔めがけてめちゃめちゃになぐりかかった。わたしは怒り心頭に発したが、下半身は動かせず、座ったままで手は届かず、そいつのつらに「ペッ！」とつばを吐きつけた。

わたしが乱打されようとする時、日本兵三人が傀儡軍二名を連れて現れた。するとこぶしを振り上げていたそいつは手を下ろし、顔から急に怒気を消し、ぺこぺこしながら後ろに下がった。

〈自分の民族を売って手にいれたおまえの地位は、哀れにも日本の軍隊で最下層の二等兵より下じゃないか！〉

傀儡軍が馬を追った。銃剣をかざした日本兵がわたしの馬車についてきた。きのうわたしを押送した顔は、その中に見えなかった。

わたしを押送する一人の日本兵は銃を横に構え、銃殺する現場を見物しようと押し寄せた人々や、分別なくいい見物ができるとはしゃいで跳ね回る子どもたちを、追い払った。もう一人の奴は道路ぎわの露店から落花生を両方のポケットがふくらむまで「無償没収」した。その露天商の顔は泣いているのか笑っているのか区別がつかなかった。

馬車の車輪が凍った道にガタリとゆれるたび、傷に響いてわたしは息がつまりそうだった。

三人の日本人と二人の中国人と、そして一名の朝鮮人は、肥料の匂いを発散する馬車を中にして、冷たい風が吹く街の外へ出て行った。

(三)

わたしは考えた。――銃殺されるにあたり共産党員らしく行動しなくてはならない。先烈たちに習ってわたしも声高らかに「共産党万歳!」「朝鮮人民万歳!」と叫ぼう。だが待てよ、何語で叫ぼうか? 中国語で叫んだら日本の奴らには分からないだろうし、日本語でやったら傀儡軍を教育することができない。えい、いっそ朝鮮語でやれ! そうだ、それがいい。――こうわたしは決心した。

――ところで刑場はまだ遠いのか? 風水を見て明堂〔風水説で吉とする墓地の敷地――訳注〕の場所を決めるわけじゃあるまいし。ちきしょう! どっちみち殺すなら早く殺しやがれ！　こんな遠くまで引っ張りまわしてどうする気だ？　とにかく腹がへってがまんできん――。

生まれて二十五年間、さまざまな思いが走馬灯のようにかけめぐった。七年もの間会っていない母と妹の顔がまざまざと目の前に現れた。

――かわいそうな母親と妹！　こうなると分かっていれば、あの時あんなにも心配かけなかったものを！　そしてかわいい妹性子（ソンジャ）よ、なぜわたしがあの時、おまえをなぐって泣かしてしまったのか！　考えると胸が裂けそうだ。

「おまえ、時計持ってるか？」

という傀儡軍の奴の問いに、わたしは思いの糸を絶たれた。首をあげて見ると、三人の日本兵はずっと前におり、馬車についているのは傀儡軍二人だけだった。

「時計はない。その代わり万年筆ならあるんだが――」

「いいから、それ出してみろ」とそいつが催促した。

わたしは内ポケットから、そいつが獲得する権利がある「戦利品」を、つまり万年筆をとりだして、そいつにやった。

「まだ遠いのか？」

「いまやっと十里〔日本里で一里、四キロ——訳注〕だ。あと二〇里もある」

爪先でペン先をためしてみながら、そいつは興味なさそうに答えた。

「だいたい刑場がなんでそんなに遠いんだ？」わたしは驚いて目を丸くしてたずねた。

「刑場？」

そいつはこう反問した。そしてわたしが問う意味を理解し、笑いながら説明した。

「死にに行くと思ってるのか、ハハハハハ。違う、違う。県に行くんだ。そこに中隊部と憲兵隊がいるから——」

——ハハア、こうして見ると、おれもまだ死ぬ時じゃなさそうだ。

「ところであの人たちは？」

手をあげて、はるか遠く前方にいる日本兵を指さして、わたしはたずねた。

「フン、犬畜生め！　寒いから自分たちだけ先に行って、酒でも飲もうっていうんだろう」

不平に頬をふくらませ、そいつが答え、腹立ちまぎれに手鼻をかんだ。その鼻汁が風に飛ばされて、罪のないわたしの顔にパッとかかった。

——あわれな日本兵たちよ！　聞こえるところでは大君(おおきみ)とあがめられ、聞こえないところでは犬畜生呼ばわりされるとは——

まもなく鉄条網をめぐらせた望楼が見えてきた。酒に酔って顔を赤くした日本兵の奴らがわたしを見ようと、待っていた。先に来た三人が宣伝をしたようだ。

馬車が止まった。一人の奴が紙一枚と一升瓶一本をかかえて近寄ってきた。

「見ろ！　お前たちが書いたビラだ。書くんならもっとちゃんと書け！　嘘ばかり書いている！」

と、そいつはわたしの目の前にビラを広げた。それは日本資本主義の経済恐慌に関する確実な数字をいれた「日本兵士に告ぐる書」であった。まさにわれわれが書き、刷り、まいたものだった。

「これを見ろ！　見えるだろう？　酒——おれたちは毎日飽きるほど酒を飲んで暮らしてる。これでも経済恐慌か？」

そいつはわたしの返事も待たず、自分のことだけ言った。

「おまえたち八路軍は経済恐慌にならなくて、いつもトーモロコシ餅を食ってるんだろう？」

——あわれなやつら！　こんなことで議論しても何の効果も得られない。——こう考えたわたしは聞こえないふりをした。

そいつは自分がどんなに講釈しても、わたしが反論も口出しもしないので、腹を立てた。

「こいつ！　何で返事をしない」

わたしは相変わらず石地蔵のように黙っていた。

「こいつ、日本語が分からないいんじゃないのか？」

疑ったそいつは、わたしを押送してきた奴の一人に聞いた。

「いや、こいつ生意気なんですよ。どれ、わたしがしゃべらせてみせますよ」

と言って、自分が嘘をついているように思われてはたまらないとばかり、押送兵がわたしの前に立った。そいつは熊の飼育員が観客の前で言うことを聞かない熊を扱うように、わたしを扱い始めた。それでもわたしは依然として彫像であるかのようだった。腹を立てたそいつは、銃創を受けたわたしの脚をつかんで持ち上げた。やっとこで摑んでねじるような極度の痛みに、わたしはまた意識を失った。これは最新式虐待法だ。軍陣医学を応用した科学的な拷問法である。そいつがわたしの顔に引っ掛けた小便が凍って、冷気が神経を刺激し、わたしが再び意識を取り戻した時、馬車のタイヤは何事もなかったかのように、がたがたと単調に走っていた。

日が沈むころ元氏県の県城に入った。日本軍中隊部の門の前で三十分以上交渉をかさねたが、結局入ることができず、方向を転じて憲兵分隊に行った。

そこでわたしは思いがけず盛大な晩餐をとる運びになった。一人の兵士が煮た牛肉を飯盒いっぱいに盛り上げて、足りなければたくさんあるからいくらでもお代わりしてくれということだった。腹の中から食物を要求する絶望的な叫び声が湧きあがった。しかしわたしは湯気がゆらゆらと立ち上る肉を眺めて、しばらく躊躇した。そこに毒薬が入っているかでなく、命のように大事にしてきた耕牛を奪われて、胸をかきむしった無辜（むこ）の農民の悲しみを思ってのことだった。

夜、食べ物を持ってきた日本兵が、今度は蓄音機を抱きかかえてきた。分隊長である憲兵伍長がわたしを「慰労」してやれというのだった。

——フン、捕虜を捕まえておいて音楽鑑賞だと！　張良が玉の洞簫（笛の一種）を吹くまねをするのか！〔張良は漢の高祖の忠臣。先祖が韓の宰相であったので、韓を滅ぼした秦に報復するため、秦の始皇帝をもてなし討とうとしたが、失敗した。——訳注〕

わたしは手を振って拒絶した。

「上官の命令だから、聞きたくなくても聞かなけりゃならないんだ。俺は俺の責任を果たしてるだけだ」

その男は蓄音機のゼンマイを巻きながら、固執した。

わたしは着ていた軍服を脱いで中の綿を取り出し耳をしっかりとふさぎ、すぐに寝た。

朝、中隊長と憲兵伍長がやってきた。笑顔でわたしのベッドの脇に座り、いとも親切に傷の痛みはどうかなどと聞いた。そして自分たちは「大東亜共栄圏」のために、苦しい「奮闘」をしている時、あなたがたとえ一時的「錯誤」を「犯した」とはいえ、「祖国大日本帝国」のふところに抱かれたことは、限りない喜びだと言った。

——待てよ。この場合、沈黙を守るのは、かれらの言葉を是認することになる。違う！絶対に違う！——

こう考えたわたしは少しあせった。だが、わたしは強く首を横に振った。そして断固として言った。

「わたしの祖国は、はっきり聞け、朝鮮だ！　おまえたちの敵国だ。そしてわたしはおまえたちに捕らえられた一介の捕虜にすぎない！」

(四)

胡家荘でわれわれを包囲していた敵は、邢台(けいたい)に司令部を置く、朝鮮人である日本軍旅団長洪思翊(ホンサイク)の部下だった。「思想不純」なわたしに、「皇国」に対する「忠誠心」が天にも達する洪「閣下」の「訓戒」を受けさせて、「改過遷善」〔あやまちを改めて善にうつる——訳注〕するために、わたしは旅団司令部に押送された。

邢台の県城では捕えられた八路軍を一目見ようと、多くの人が街に出て、道の両側にびっしりと立っていた。好奇心にあふれた無数の目がわたしを迎えた。わたしは人々の間に時折混じっている朝鮮服を着た女性たちを発見した。

——朝鮮服！　思えば何年振りに見る朝鮮の着物か！

瞬間、目がしらが熱くなるのを感じた。だが、彼女たちの髪のすきかたや足指の間にさしはさんだ「下駄」の鼻緒をから推して——間違いなく売春婦であった。民族の自尊心を傷つけられた屈辱感に、わたしの全身の血が熱くなった。日本統治者の蹄鉄の下で蹂躙され恥ずかしさすら忘れた彼女たちを見ると、わたしは祖国の悲惨な運命を思い、憤怒に身震いせざるをえなかった。唇をかみ、声なく痛哭せざるをえなかった。

洪思翊司令部は年越しの準備に追われ、わたしを顧みる暇がなかった。彼等が持ってくる冷や飯の塊をかみ砕いて、気がつけば旧年を送り新年を迎えていた。その間に傷が化膿した。わたしのいる狭い部屋には、言うに言われぬ臭気が充満した。水をくれないせいか、便通が一週間もなかった。夜は汗が流れて、軍服が水につけたように濡れた。

正月四日の夜、韓英俊（ハンヨンジュン）という朝鮮人通訳がわたしを訪ねてきた。年はそう違いそうもないのに、彼はわたしを先生、先生と呼んだ。二こと三こと話すうちに、彼に対する警戒心をすっかり解いてしまった。たとえ彼が敵の通訳をしているにせよ、純潔な心の所有者であることは間違いないと断定したからだ。

真実は往々にして容易に人と人を結びつけるものだ。彼は自分の靴底から朝鮮義勇軍が発行した通行証を取り出してわたしに見せた。そして、自分がどれほど朝鮮革命集団にあこがれ、どれほど参加したがってきたかを、るるとしてわたしに語った。

わたしは彼の問いに従い、抗日戦争の意義と、八路軍と朝鮮革命集団との関係を説明してやった。そして繰り返し繰り返し、真理の側に移りくるには大いなる勇気と果断な判断が必要であると、彼を勧誘激励した。

「早くからそうした考えは持っていました。けれどどう行動を起こしていいのか、それが分かりませんでした。いま先生の話を聞いてはじめてよく分かりました。勇気が出ます。しかし、まず先に解決しなければならないことが二つあります。第一に、朝鮮独立のために日本と戦って命を捧げる覚悟は、もちろんわたしにもあります。しかし共産主義だけはわたしはとうてい賛成できません」

——敵の反共宣伝の毒素に染まったあわれな人間！

わたしは共産主義の概念を彼の脳裏につめこんでやろうと努力したが、無駄だった。そこでわたしはすぐに方向転換して、今度は統一戦線の理論をといた。これは容易に受け入れられた。彼は共同の敵を打倒するため、共産党といっとき協力しあうという点は同意するというのだった。

「第二の問題とは——？」

わたしは話している途中にもしや人が入ってくるのではないか心配し、声をさげて彼に督促した。

「心配することはありません。みんな酔っぱらって倒れてしまっているから」

若い通訳はそう言ったけれど、しかしやはり声をひそめてささやいた。

「第二の解決するべき問題とは、先生、その脚の傷がどの程度なのですか——わたしといっしょに逃げ出せるかどうかという問題です」

——奇特な人だ！　感激して彼の手をギュッと握った。

「残念だが骨をやられてるから、逃げ出すことはできない。だけど、わたしの心配はせずに今夜のうちに行動しなさい！」

ついで、激動し震える声でこう補充した。

「行ったら、わたしの消息をトンムたちに伝えてください。わたしは鋼鉄のように強靱(きょうじん)だ。——少しも変わっていない、と」

次の日の晩、若い通訳はわたしに別れのあいさつに来た。行く前に、殺菌剤二箱をわたしの軍服のポケットに入れてくれた。わたしの傷が化膿したのを心配したからだった。わたしは彼を励まし、彼はわたしを慰めた。

彼を見送って、わたしは捕虜になって以来、はじめて満足してにっこり笑った。——奴らが殺してくれなかったことが、今となってかえってよかった。生きていたからこそ、この手で同志一人を獲得できたではないか！——思うに、窒息するような状況のなかで息づまる心の戸が、さっと開いたように、さわやかであった。

（五）

どういう風のふきまわしか、旅団長「閣下」は、わたしに「拝謁」の「光栄」を与えなかった。一月初旬のある日の夕刻、予告なしに突然黒い布で目をふさがれたわたしは、担架に乗せられて邢台を発った。南だか北だか方向は分からないが、汽車は走り続けた。わたしはこの時以来三カ月の間、自分がこの地球上のどの地点にいるのかを知らずに暮らした。

車輪がレールの上を走る単調な音を聞きながら、わたしはどれほど切に八路軍の同志たちがこの列車を襲撃し転覆してくれることを望んだか！

同志たちの爆薬によって、列車とともにこの身もすっ飛ぼうと何の恨みがあろうか！またもし幸いにも〈考えただけでもわたしは胸が躍った〉無事であったら「トンムたち！ここに八路軍がいるぞ！　さあ来て見てくれ！」と叫んで同志たちを呼ぶだろう。

しかし、残念ながら現実は小説や演劇のようにそううまくはいかなかった。時々刻々耳を傾け切望していた爆発音は聞こえず、わたしは無事に――この上なく不幸にも無事に

――ある停車場に着いた。耳に聞こえる騒がしい構内のざわめき――目をふさがれたま ま、ここは大都市であると直感した。

担架がひどく傾いた。階段を上っていくのだ。やがて平らになった。今度は反対側に傾いた。階段を下りていく。そこから自動車に乗り換えさせられて、しばらくの間走った。そこで降りてしばらくしてやっとある建物の部屋に入り、目隠しが取られた。そこは長さ三メートル、幅二メートルほどの部屋だった。

わたしはこの小さな部屋の中で、日にちが分からなくなった。食べ物を運んでくる兵士に聞いてみたが、上部の命令があるようで、一言も答えなかった。

一月の末か二月の初めのある日の晩、自称山本課長という憲兵幹部がやってきた。最初はたいして重要でない話をした次に、本題に入った。わたしはわが部隊に関する情報を提供せよという話かと思って緊張したが、ふしぎとそこには踏み込んでこず、一言の言及もなかった。――その理由をわたしは二カ月半後に知った。山本はわたしに次のような条件を提示した。

第一に共産党の「罪悪」を暴露糾弾する内容の転向声明書を出すこと。第二に八路軍にいる朝鮮革命家たちそれぞれに、「皇道治下」へ移り来いという勧誘の手紙を書くこと。

以上二つの条件を受け入れれば「前罪」を許し、軍属として採用し、ただちに軍病院に入院させ適当な治療をほどこすこと。万一、受け入れない場合には――銃殺。

「時間の余裕をやるからよく考えてから決定しなさい。――だけど一つだけ言っておくことがある。おまえの傷は時々刻々腐っていっているということだ。日本の軍法では、捕虜を軍病院に入院させることはないから、もし、直す気なら日本の軍属として採用されるほかない」

こう言い終えて、そいつは椅子から立ち上がり、ゆっくりと手袋をはめた。

煩悶し憂鬱な日々の糸のかたまりが少しずつほどけていった。静かな時、特に天気のいい日の朝に、窓ガラスの隙間から生まれて初めて聞く異常な音がして、わたしの心をかきむしった。その音は空中で何か軽く小さな物体がぐるぐる回っているようでもあり、神秘な鳥の声のようでもあった。その音はある時は大きく聞こえ、またある時はかぼそく響いて遠ざかった。当時わたしはその音の正体をついに知り得ないでしまった。九年たったことしの春になって初めてそれがハトの足に結んだ物体から出る音であることを、中国の作家曹禺の『北京人』の中の「天空有断断続続的鴿哨響」〔天空に断たれんとして続くハト笛の響き有り――訳注〕という一節を読んで知った。

死を待つ時間の毎秒毎分が、あたかも機械の歯車のように、わたしの心臓に一定の間隔の歯跡を残し、早くなるでもなく遅くなるでもなく、正確に回っていった。わたしは目の前に思い浮かぶ一人一人の同志たちに、別れの挨拶を告げた。

――トンムたちは今この時にも敵と戦っているだろう。いかなる暴力も共産党を征服できない！　人民は勝利するであろう！　わたしは死んでも、わたしの理想は必ず実現されるであろう！

こう考えるとわたしの顔には自然と笑みが浮かんだ。ぎゅっとこぶしを握った。そう、突き上げてくる喜びをどうすることもできなかった。低い声で一人、トンムたちと歌った懐かしくも勇壮な歌を歌った。

約束した日に山本が再びわたしをたずねた時、わたしはおだやかで余裕のある、しかし厳粛な態度で、揺るぎない信念を披歴した。

「帝国主義という名詞が侵略を意味するのと同じく、ボルシェビキの概念は非妥協の意を包括する！」

（六）

春が来た。わたしの傷は青黒いウミを出し、一日一日悪化していった。ナイフで立木の幹に傷をつけると、その場所が奇形的に太くなるように、わたしの脚の骨も弾に削られた部分が、見てもぞっとするほど太くなった。そしてひざの関節は曲がったまま固まってしまった。わたしは耳を覆った髪を十本の指ですき、歯で伸びた爪をくわえ切った。

しかし、枕元でわたしが手をつけるのをむなしく待って冬を越した紙とペンとインク瓶には、ほこりが厚く積もっていた。この間、朝鮮義勇軍を「帰順」させ、胸に勲章を下げようとあせった山本は、十度以上も督促し十度以上も延期した。なだめたり、おどしたり、笑ったり、腹をたてたり、さまざまな妖術を使った。

ある暖かな日の午後、わたしが長い間心せわしく期待していたことが発生した。地獄の死者が――二人の憲兵がわたしを連れに来たのだ。杖をつき足をひきずりながらも、わたしは自分の足で歩いた。自分の足でついに大地を歩いた。

憲兵が開けた山本の事務室の戸をくぐったわたしは、あっと声をあげそうになり、彫像のようにその場に固まってしまった。

二つに分け油を塗った髪に、藍色のネクタイに灰色の洋服を着こなし、立ち上がりわたしに椅子をすすめた男――。

――おお、間違いなく劉斌だ！　胡家荘戦闘でわたしと同時に行方不明になった劉斌ではないか！

「驚いたか？　さあ、ここにきて座れ」

彼は親切ごかしに肩に手を置き、わたしの名を呼んで、その下に「トンム」とはっきりとつけた。

横で山本が臆するところなく劉斌をわたしに紹介した。

「軍司令部が八路軍に派遣していた諜報部員申容純君――」

わたしは目の前が真っ暗になって、崩れるように椅子に座り込んだ。

――スパイ！　同志とばかり信じ、一つ寝床に寝て心行くまで語り合った奴が、ああ、スパイだと。いま考えると、だから山本がわが軍の情報をわたしから得ようとしなかったのだ。われわれの内情を手に取るように分かっていたのだ！

山本に対するよりも、百倍以上もの憤怒、比するもののない憤怒に身を震わせながら、憎悪に満ちた目でにらみつけ、かすれた声でわたしはそいつに警告した。
「人民は必ずおまえに審判をくだすぞ!」

(七)

鉄条網を張り巡らした高いレンガに囲まれた建物に入ったわたしは、そこでまた驚くべき事に出くわした。私服を着た背の高い馬徳山(マトクサン)トンムと金石渓(キムソクゲ)トンムがそこに立っているではないか!

——これはいったいどうしたことか? わたしらは驚いて息も止まり、互いに見つめ合っていた。

「十分間余裕をやるから、別れのあいさつでもしろ! スターリン万歳を叫ぼうと毛沢東万歳を叫ぼうと、それはおまえたちの自由だ!」

わたしを連れてきた山本は、われわれに冷笑を含んだこうした言葉を投げかけ、たばこをくわえ、その煙を残して留置場の方に行ってしまった。

馬徳山トンムは目に涙をため心痛に耐えられないかのようにわたしの名前を呼んだ。ふだんからわたしたちはお互い「トンム」をつけないで呼びあった。彼は低い声でわたしを励ますのだった。

「その脚、きっと直る！　きっと直るよ！」

かつて血気盛んな赤ら顔で、頑強な体に銃をかつぎ、勇気はつらつ自分とともに戦場を駆け巡っていたわたしが、今は青白い顔に痩せこけたぼうぼうの髪で杖をついて歩くのを見た彼の心は本当に辛かったであろう。わたしは彼と五、六年をいっしょに過ごしたが、この時はじめて彼の目に涙を見た。わたしは言葉が出なかった。金石渓トンムも口を開かなかった。いや、開けなかった。——山本がふたたび帰ってくるまで、わたしたちはそうやって立ったまま互いに見つめ合っていた。

馬徳山トンムはわたしのもっとも親しい戦友の一人だ。わたしがいつも、ろくでもないことで腹を立てても黙ってそのまま受け入れてくれ、ひと月に一度くらい叱ってくれるやさしい性格の友人だった。口が重く、腹がすわって、人にやさしい——男性的な青年だった。

　金石渓トンムは新しく敵区から獲得した同志の一人で、もっとも可能性のある青年だった。

　わたしが入った監房は第六号だった。そこにはわたし以外に、先に入っていた収監者が十一名いた。朝鮮人一名、中国人七名、日本人三名――。

「ここはどこだ？」これはわたしが監房に入って最初の質問だった。

「どこだって？　留置場じゃないか」変な質問をするとばかり、一人が答えた。

「いや、どこの留置場かと聞いてるんだ」

「憲兵隊の留置場だ」

「いや、この都市の名がどこなのか、聞いてるのだ」

「この都市？」

　目を丸くしてその人はわたしを上から下へ眺めまわし、大きなため息をもらしてから、教えてくれた。

「石家荘だよ。分かったかい」

　夕飯が来た。飯は日本人〈その中にはもちろん「大日本帝国」の「半島人」の資格で朝鮮人も含まれる〉が食うものと、中国人が食うものとは違った。日本人はおかずが乗っているコメの飯一碗を一日三回、中国人は塩をふりかけたアワ飯〈飯というよりはカユに近いとして、収監者たちはそれを率直にアワ飯ガユとよんだ〉を一杯一日二回――だから朝と夕方はたとえ質の違いは比較にならないとはいえ、それでも中日両国人がみないっしょに食べられたが、昼飯時だけは日本人は「食事」し、中国人は「観覧」するという世の中で見たこともも聞いたこともない不思議な現象を呈したのだった。

わたしの監房の先輩である朝鮮同胞崔某なる男は、コメ飯二杯をすばやく受け取り両方の手のひらに乗せては、重いと感じたほうを選んで自分の前に置き、軽いと認識したほうをわたしの前に置き、親切に勧めた。

「おあがりください。はじめて入った方はたいがい何日か吐き気がして半分も食べられないのが普通です。ハハハハハ――。監房とは本当に地獄ですよ」

という彼の言葉には、半分余して自分に回してくれという思いが言外に溢れていた。わたしはそのコメ飯の器を手に取り、大声で雑役を呼んだ。

「この飯の配りかた、間違っているよ。俺は日本人じゃない！　だからアワ飯ガユに取り換えてくれ」

あわてた崔某は、

「コメ飯一碗でアワ飯二杯と取り換えられるのに――そんな、へぇ、ううん――」

監房の最初の晩は、最高につらかった。横になって目を閉じていると、さまざまなことが去来し、まんじりともしないで夜を明かした。

朝、雑役夫が土間をはいていて、折りたたんだ紙を鉄窓のすきまからサッといれた。日本人収監者がそれを開いてみて、わたしに渡してくれながら、人に聞かれない小声で注意しろと言ってくれた。

その紙には見なれた鉛筆の字でわたしの名が書かれていた。そして最後には金石渓と馬徳山の署名があった。その内容は以下のようだった。

敵の巣窟内ではあるが、追悼式まであげたトンムに会えるとは感慨無量だ。この手紙がトンムの手に入るころは遺憾にもわれわれは北京の敵の軍法会議に向かう車中にいるだろう。そこでわれわれは死刑にされるのだ。しかし、一つ嬉しいことは、トンムが死なないで生き残れるようになるだろうということだ。山本が先にわれわれにトンムの「罪名」は「治安維持法に該当するから、十中八九無期懲役になるだろう」と言った。だが、われわれは軍事スパイとして「外患罪」にかかったので、死刑以外に他の道はない。これらすべては、みな劉斌がしでかしたものだ。よく頭に入れて、記憶しておいてくれ。あいつの本名は申容純と言い、もともと日本軍の諜報部員であった。トンムも知っているように、わたしは日本語を聞けば分かるが、話せはしない。そこでやむをえず申容純の奴の通訳を介して審問をうけたが、申がわたしにとって不利になるように不利になるように訳すのに腹を立て、灰皿を手にしてそいつの頭めがけて投げつけた。事態はここからさらに悪化して絶望的になった。すべてはみな申容純のせいだ。最後まで生き抜いて忘れずに復讐してくれ！　頼む。

さきにわれら二人は敵区で朝鮮青年組織工作をしていた。初め石渓トンムが憲兵隊を訪ねていき、「八路軍に捕らえられたが、ようやく逃げ出してきた」と虚偽の報告をして奴らを安心させ、合法的な地位を得た後に、わたしと連絡を取り工作を続けていたが、不幸にも露見してしまった。奴らは計画的にだましたのがけしからんと石渓トンムをわたしよりも憎んだ。

――では、さらばだ！　健康であらんことを！　われらの短所を忘れ、良いところだけ覚えていてくれ。

共産党万歳！

彼らの自由と幸福のために、われらが生命をささげる。切なくも愛する朝鮮人民万歳！

（八）

崔某はアヘンを売買する商人で、歳は三十前後、憲兵隊通訳の要求を満足させることができない罪で捕まえられ、ほぼ二カ月間、獄中生活していた。そこで彼に抗日戦争の意義を事細かに解釈して聞かせてやった。朝鮮人民が進むべき道はただ一つしかないと強調した。彼は首を縦に振って完全にわたしに同意した。わたしの「尋常」でない経歴を知って、感嘆を禁じえなかった。しかし、ただ一つのことだけは――わたしが抗日団体に加入せよと勧めたことだけは――絶対に反対するのだった。

「そうしたことは先生みたいな立派な人がやるもので、わたしみたいな、できそこないが――へへへ！　わたしは、巫女が供物をそなえたならば、餅でももらい食いする（自分は何もしないで状況が変わったら、その成果を享受する）ほうですよ」

——あわれな人よ。

わたしは軟弱な人間を、狡猾な人間よりも百倍も憎む習性がついていた。崔某を断念したわたしは、こんどは目標を移し、傀儡政権の現「警察署長」をやっていて「通敵」〈すなわち八路軍に通じること〉の嫌疑で捕まって入ってきた中国人に近づこうとした。彼のゆがんだ思想をただしてやりたいという意図からだった。彼は率直に自分が売国奴であることを自認した。しかし同時にこうも自己弁護した。

「だけど、わたしがその役をやらなくても、ほかの誰かが同じことをするから、同じじゃないか？」

しかしこれよりさらにあきれたことは、彼がわたしを自分と同じ種類の人間だと見ていることだった。あまりにあきれて眺めているわたしを、蔑視する目つきで打ち眺め、泰然とこう言うのだった。

「そうじゃないか。自分らが国を日本に売るのは、あんたたちが国をソ連に売るのと同じく、売国行為じゃないのか？」

——とんでもない謬論だ！

それでもわたしはあきらめず、何度も何度も繰り返し彼に共産党とソ連との関係を説明した。

三人の日本人のうちの一人は、八路軍に武器を売るのがばれて、捕まった商人だった。彼の持論は、商売人には国境がないということだった。彼の言葉によれば、将来戦場では空襲に来た飛行機が、地上の敵と無電で値を定めたうえ地上に降り、飛行機と爆弾を渡し、その対価を受けとることになるというのだった。

もう一人の日本人は戦争が嫌で、自分の掌をみずから撃ったのが発覚してここにやってきた二十一歳になる新兵であった。彼はわたしから八路軍にいる日本人の話を聞いて、自分がそこに行けないのが残念だと言った。

三人目の日本人は酒に酔って自分の軍馬を刺し殺してここに来た騎兵一等兵だった、彼の言葉によれば、軍馬は兵士より貴重なものとされ、「殺馬罪」は殺人罪より重いという。彼らの上官は常に公然と「馬一頭は千円以上で買わなければならないものだ。人間は一銭五厘さえあればいくらでも求められるから、おまえたちを十人殺しても馬一頭は殺せない」と言っていた（一銭五厘は当時のハガキの値段。徴兵通知はハガキ一枚であった—原注）。そして彼は自分たちが歌う小唄の一節を歌って、自分の言葉を補顚した。

「軍馬、軍犬、ハト〈軍用伝書鳩〉、軍属――」

この歌は日本軍内部の明文化されない等級格差を如実に摘発暴露している。

夏が来た。治療を受けられないわたしの傷は、解体し始めた死体の匂いを発散し腐っていった。夜があければ窓格子(まどごうし)のすきまから入ってくるハエの大群がわたしを包囲し、日が沈むまでわめきたてた。ハエが卵を産み付けないよう、わたしは両手で追い払い、執拗に、かつ無情に襲ってくるハエを相手に、一分一秒も休まず奮戦した。同じ部屋の中国の友人たちが疲れ果てたわたしを助けて、ハエの群れと戦ってくれた。

ある日、山本がわたしに「石門日報」(石家荘で発行された当時の日本語新聞――原注)一枚を持ってきた。そいつの曲がった口のあたりには悪意と嘲笑があった。その新聞を一目見たわたしの顔はたちまち血の気が引いた。わたしはそこに「皇軍慰問公演」という紙面半分ほどの大きな広告のなかで「朝鮮の芸術家」を自称するある破廉恥な人間の名を発見した。

――恥辱! 恥辱! 恥辱! 同じ朝鮮人として、なぜ、自民族の傾きゆく運命を取り戻そうと敵と生死をかけて戦っている時に、舞台にあがって敵に媚を売ることができるのか!

わたしは突き上げる怒りを抑えられず、その新聞を、汚い新聞を、びりびりにやぶいて力いっぱい足で踏みつけた。

わたしのこの抗拒は、胸に勲章を下げる可能性がなくなった山本がわたしに加える酷い報復的体刑の発端になった。

（九）

石家荘の日本憲兵隊の中世期的で野蛮な拷問は、ここで詳術する必要もない。どれほど真理を守り正義を愛する多くの人々が、そこで肉が裂け骨が折れ血を吐き、恨みをのみつつ死んでムシロにくるまれて出て行ったことか！　収監者たちは拷問室の悲鳴に目がさえて、幾晩寝られなかったことか！

わたしも半月の間に、前後七回の拷問を受けたが、多くの無名の英雄たちにならって、最後まで頑張り通した。肉体は残酷にも蹂躙されたが、名誉は保たれた。わたしの手は山本が握らせるペン先を、屈辱の紙の上にもっていかず、硬いセメントのゆかの上で粉砕したのだった。

まさにこの時、中国共産党が育てた鋼鉄の同志であり、優れた中国人民の息子である王実慶トンムを知ったのだった。彼は監房に入って来て最初に投げかけた言葉は、わたしと同じ問いかけだった。

「ここはどこだ？」

彼もやはり目隠しをされ、車に乗せられて来たのだった。背はすんなりとして容姿は女性的で端正だった。着ている服は単掛〔一重の上着——訳注〕で、髪は長髪、歳は二十八、わたしより二歳上だった。

彼は自分が八路軍の情報員であることを否認せずに〈それは確実な証拠が敵の手に握られているために否定するわけにいかないから〉何があっても自分と連携した組織網が破壊させられまいと必死だった。この頑強な男は毎回拷問室で昏倒し、庭に引きずり出されバケツで水を浴びせられた。それに注射をされて、はって監房に入って来てわたしのそばに横たわるのだった。そしてわたしの手を握り頼むのだった。

「トンム、インターナショナルを歌ってくれ！」

かすれた小声の「インターナショナルの歌」を聞きながら、彼は悲愴な微笑を血まみれの顔に浮かべるのだった。

しかし彼の限りある気力は拷問室を出たり入ったりするたびに、だんだんと衰弱していった。彼の生命を維持するため、わたしは一日一食にすることを決心し、わたしのアワがゆ一椀と彼の受けとるべきアワがゆを合わせて、日本人のこめ飯一椀を彼に食べさせた。監獄の罪囚とは飲食の選択にあって質よりも量を尊重するものだ。だから、この交易は可能だった。だが王実慶トンムはわたしの好意を断固として拒否した。

しかし、わたしの同志愛に煮えたぎる「脅迫」はついに彼を屈服させた。彼が生き続けるためには栄養分が必要だった。わたしは腸をしぼる飢餓の苦痛の中でも、満足して笑った。それは人類が持つ最高の喜び——崇高な革命的同志愛を知る者のみの笑いだった。

七月七日午後、監房から呼ばれて出て行った王実慶トンムは、ふたたび戻ることはなかった。夕飯を持ってきた雑役夫は王実慶の飯を持って来なかった。

夜、比較的「良心的」だと収監者たちから好評を受けている通訳がわたしを訪ねてきて突然敬虔な態度で言った。

「毛沢東万歳を叫んだんですよ。——ああ、惜しい人だった！」

野獣日本の強盗たちに、賛嘆を禁じえなくさせた闘士王実慶トンムの英雄的最後に栄光あれ！

彼を育てた中国共産党とその英明な指導者毛沢東同志に栄光あれ！

（十）

八月初旬、わたしは石家荘総領事館警察署に移監された。「罪名」は「治安維持法違反」と確定し、北京から司法領事が来て予審をした。この面倒な手続きは九カ月かかって翌年四月にやっと終わった。

ここでは憲兵隊におけるような残酷な拷問は受けなかったが、その代わり安価な利益を餌に数々の誘惑を受けた。高等係主任佐野という者は、太行山で発行されている「新華日報」一枚を見せてくれた。それを見てわたしは尊敬する先輩石正（ソクジョン）同志と陳光華（チングァンファ）同志が六月に麻田荘の反「掃蕩」戦闘で犠牲になったことを知った。わたしは襟を正して粛然と黙禱をささげた。佐野は首を横に振って、独り言を言うように嘆いた。この者は高等係の資格を持っており、「政治犯」を懐柔する術を持ち、演技することにたけていて、狡猾なキツネのしっぽをなかなか出さなかった。

「山の中で草の根を食べながら、一人死に二人死んで、結局何が残る？　そうした優秀な幹部たちが大東亜共栄圏の実現のために奮闘してくれれば、アジアの人民はどれほど幸福であることか！　ソビエトの魔手から彼らを救出するため、良心のある青年がどうして努力しないのか――」

これと反対に半沢という若い看守は、暗々裏に、時には露骨にわたしを支持激励した。わたしの行動を、正当なものだと認めた。

「逆を考えて見れば分かるじゃないか！　もしも日本が朝鮮の植民地だったら、おれたちじっとしていられるか？」

十二月の大みそかの晩、半沢はわたしに葡萄酒一本をくれた〈もちろんわたしはそれを受け取らなかった〉。そして極めて謙虚な態度で次のような質問をし、わたしの回答をうながした。

「あなたはわたしらより見識が広いから、隠し事なく、確実なところを話してください。

——秘密はこの首をかけて保証しますから——だいたいこの戦争はどうなると考えますか？　わたしらが勝つのか、あなたたちが勝つのか？　わたしらとしては全く判断できません。日本の軍部は自分らが勝つのだ勝つのだと宣伝してますが、疑わしいです。あなたのように教養のある人たちが、何か確実な見通しなしに盲目的に生命を投げ出して戦うわけがないではないですか。そうじゃないですか？」

「日本の敗戦は決定的です！」ためらわずに、確信を持ってわたしは答えた。「それは月が十六日から欠け始めるのと同じく確かなことです。——わたしたちマルクス主義者は唯心論者でないために〈ある日ある時ある木の下で、一人の白髪老人に会うだろう〉式の予言はできないけれど、人類社会発展の必然的な過程だけは正確に予言できます。——日本は必ず負けます。いつの日、何時であると断言はできませんが、しかし勝利した八路軍の軍人たちがはいているワラぞうりが、必ずやあなたたちが今立っているその場所を踏むようになるでしょう！」

（十一）

一九四三年四月下旬、わたしは日本の長崎刑務所に移監されることになり、領事館警察巡査二人に押送されて石家荘を出発した。長崎で最終判決を受けるためである。北行き列車に乗り込む十分前にプラットホームに立っている一人の男がいた。佐野の部下の高等係刑事であった。その男はタバコ一本を取り出し、わたしに差し出しながら、ライターを用意した。

「われわれは敵のタバコを理由なく吸わない」

と、わたしはそれを拒絶した。

男はキツネのように狡猾な目を細くして、自分が来た目的を語った。

「佐野主任に、最後に聞いてこいと言われました。——転向する意志はないですか」

「転向？」

わたしは笑って、首を横に振った。

「あなたたちにはあなた方の法律があるじゃないか。——わたしはそれを承認しないけれど。その法律によって処理すればいい」

汽車は出発した。一駅も行かず、朝九時にもならない前に、わたしは昼飯を食べた。目的地に着く間だけは自由に飲食できるからだった。

車窓の外には新緑の春の田野が限りなく続いていた。

――中国よ！　異国の一人の無名の青年が、共同の敵、日本帝国主義を打倒するために、おまえといっしょになって力をあわせ銃をかつぎ戦って血を流した事実を忘れてくれるな！　さらば中国よ！　――おまえが異族の鉄蹄のもとから解放される日、わたしの自由も回復されるだろう！　その日が一日でも早く！　一日でも早く！　――

車中で妹に、ソウル駅に面会に来てくれと電報を打った。この機会を逃せばまた何年会えないかもしれない。何で九年間も会っていない母と妹の顔を見ずに、このまま行くことができるだろうか。

次の日の夜、鴨緑江の鉄橋を渡った。車窓に防空幕が張ってあって何も見えなかった。万事太平な旅客たちのいびきで、夜通し寝られなかった。夜明けにわたしは防空幕をあけて、懐かしい祖国の霧に閉ざされた山と野とそして部落を見た。――列車は黄海道一帯を走っていた。緊張がとけたのか、朝日を見ると寝てしまった、ソウル駅に着く五分前に、押送巡査の一人がわたしを揺すり起こした。

「ソウルに着きますよ。——面会するんでしょう?」

面会に来た母は五十もいかないのに、その間すっかり老いてしまい、妹は小学生だったのが、一躍先生に変じていた。負傷した脚を見せまいと、わたしは席を立たずに迎えた。

——しかし何を語ろうか? 九年の歳月が、彼女らとわたしを全く異なった世界に置いた今——

「夢龍叔父さんは元気?」沈黙に耐えられず、わたしが先に口をきった。

夢龍叔父とは朝鮮共産党員であって、早いときから敵の監獄で六年の懲役刑を食らったわたしの先輩だ。

——わが一門で、その人のほかに誰もわたしを分かってくれない! 銃一丁を手にし、日本帝国主義数百万の軍隊を相手として戦い、捕らえられたわたしの行動を、風車と激闘したドン・キホーテの愚昧な冒険以上に、誰が評価してくれるだろうか。彼らは「星星之火、可以燎原」〔小さな火こそが広野を焼きつくす——毛沢東の語——訳注〕たることを知らないのか?

十分の面会時間に、二言だけしか言えなかった。わたしの刑期がどのくらいになるかとの母の問に、わたしはしばし答えられなかった。事実のままに、無期懲役になるかもしれないと答えるには、状況があまりに残酷であった。わたしは立ち合いの巡査に目くばせをして、その場をつくろった。

「二年くらいになるだろうよ。なに、二年くらいちょっとの間さ――」

涙一滴こぼさずに、家族三人はまた別れた。沈鬱な汽笛とともに汽車は動きだした。夢のような面会も無事終わった。わたしは重い荷物を下ろしたように肩がすっきりした。

列車が七百里を走り、血の色の夕日を反射する洛東江にさしかかった時、わたしは忽然と母に対する憐憫の情がつきあげてくるのを、どうしようもなかった。そして誰かに聞かれるのを恐れて、口の中で妹の名を呼んだ。

わたしはサッと車窓を開けた。

――美しい祖国よ！　日暮れ前に、思うぞんぶん見ようじゃないか！

（十二）

日本帝国主義が敗北したのち、わたしは監獄から釈放されて祖国に戻ってきた。その時から銃の代わりにペンを取った。

当時胡家荘戦闘に参加した同志たちは、今みな朝鮮人民軍の骨幹に成長した。

スパイ劉斌（申容純）は、今度の戦争〔朝鮮戦争――訳注〕直前までソウルで李承晩の特務機関で働いていたが、数多くの愛国者が彼の手によって殺された。しかし、人民の正義の手は決して彼を許さないだろう。断固として！　断固として！

わたしは最後に胡家荘戦闘当時、敵の包囲網のなかで全滅の運命に処していたわれわれを、危機一髪の刹那に救出してくれた国際的友人八路軍の同志たちに、熱烈な感謝と敬意を表するものである。

そして日本帝国主義者との抗争のなかで、その青春の血を中国の地に降り注いだわたしの友人たち――朝鮮革命青年たちに栄光あれ！

『新居に入る日』、延辺教育出版社、一九五三年七月より訳出。

3　中国北京・延辺時代　一九五〇・一〇〜五七

松濤

（一）

西北方面と東北方面から、それぞれ曲がりくねって伸びる二本の新作路〔新しく作った太い道路――訳注〕が合わさって一つになるところに、五十戸あるかないかの酒幕〔はたご兼居酒屋――訳注〕通り――松通り（ソルゴリ）がある。

前と後ろに一抱えもある老松がぎっしりと生い茂ったこの通りを、人々は松通りとも呼んだが、よく松濤（ソンド）と呼んだ。とにかく毎年綿入れを着る季節になると、この松濤――松林に吹く風の音は、貧しい暮らしに苦しむ人々の心を容赦なくかきむしり、秋を過ぎた綿花畑のようにわびしくさせた。

わたしもその音を聞きながら、十六歳になった年、日陰の雪が解けるころまで、やもめ暮らしの鍛冶屋である父を助けてふいごを吹いた。松濤はわたしの故郷だった。

しかし、父が死ぬと、その墓の盛土も乾かないうちに、約二十里も離れた工場のイワシ油をしぼる工場へ生きる道を求めたわたしは、その後七、八年の間に、二、三度なんとか行きずりに故郷の土を踏んだだけであった。親戚ひとりいない故郷ではあったが、故郷に対するわたしの心は、ひとえに切ないものがあった。

だが、来るたびに他郷の旅人のように、はたご屋の寒い部屋で、薄くて垢のついたふとんにくるまって、夜通しわびしく吹く松濤を聞きながら　あちこち反転し、哀愁にむしばまれながら東の空も白まないうちに、すっかり憂鬱な気分になって宿の主人にあいさつもせずに出発したものだった。

わたしが「松濤」に立ち寄ったのは、わたしがそこを出た翌年、梅雨時の土砂崩れで、墓地一帯が埋まってしまった父の墓を探すためではなかった。ただ、漠然とした血縁的なものにひかれて、ほとんど本能的に足を踏み入れたに過ぎなかった。

だが故郷だからといって、異族の統治下にあっては自由も幸福もなかった。踏みにじられた煩悶と無念さをはらすすべもなかった。そうはいっても、いやそうだからこそ、わたしは幼いときの竹馬の友、平児（ピンアル）と遊んだことを忘れない。春は松の花粉をはたき、秋にはマツタケを取った松林が好きだった。夕闇が忍び寄るころまで探しに探して道なき道をあるき、とりとめもないことを考えていた。平児といっしょに鎌で皮をはぎ、そこにハングルで조（朝）の字を、漢字で「中」の字を、あわせて「朝中」（朝鮮・中国）の二字を刻んだ松の古木の幹をなんどもなぜてみるのだった。今はもう文字がすでに厚い松やにに覆われて見えなくなっているだろうけれども——

（二）

平児は「松濤」で野菜作り農家の華僑の一人息子で、本名を生平（ションピン）といった。だが　彼の友人であるわたしたちは、彼の父母が呼ぶように平児と呼んだ。平児とわたしは同じ年だが、十六歳の夏、その母とともに恨み深い「松濤」を去った。中国に帰ったのだ。若い夫婦が二人で松濤に来た末に、母子二人で帰ったのだった。

一九三一年の春、日本は中国を侵略する予備工作の一つとして、まず朝中両国人民の団結を破壊する目的で万宝山事件をでっちあげ、両国人民の不和の種をまこうとした。この罪深い事件の狂風がわが故郷にまで吹いてきて、「松濤」においても無辜の犠牲者を一人出したのだった。平児の父――純朴この上ない移住民が日本人駐在所所長のさしがねで、ならず者によって理由もなくなぐり殺されたのだった。事件に驚いた平児とその母はわが家にかくれ、嵐が過ぎ去るのを待っていた。それは平児とわたしが誰よりも親しい友達だったのと同時に、平児の父親も生前のわたしの父親ときわめて仲が良かったからだ。わたしたち親子が、誰よりも信じられる保護者だった。

受難者平児の父徐書房〔書房は元来官職のない人の名字につけて呼ぶ語。～さん、ほどの意――訳注〕の葬式は、駐在所所長ににらまれながら、父が一人で引き受けておこなった。うちの父はそのことのために、また、その後徐書房の遺家族をひそかに慰労しようと訪れた革命家を、家に泊まらせたことによって、結局は駐在所に捕まって、所長の手によって命を失った。

封墳〔土をもりあげて墓をつくること――訳注〕を終えたのち、「無辜の犠牲者徐書房の墓」と墨で書いた墓誌を建てた。そして大地にうち伏せて草をむしり取るように痛哭する平児の母を抱き起こし、酒をつぎ、一杯は墓に注ぎ、もう一杯は父が飲んだ。その永遠の離別の盃を手にしたまま、墓にあて――まるで生きている人に言うように――話しかけるのだった。沈鬱だが憤怒に満ちた語調で――

「さよなら徐書房。このかたきは息子たちがとってくれる。きっと取ってくれるぞ」

平児とわたしは、わたしの父の目にあふれそうになる涙を見て、ジーンとくる鼻水を手の甲でこするしかなかった。

その日の夕方、平児とわたしはうちの鍛冶屋の松林の誰もいないところで兄弟のちぎりをむすんだ。一カ月の違いで兄になった平児は、その場でわたしの手を握り、その決意を吐露した。

「宝鏡（ポギョン）、思想家が言うのを君も聞いたろう？　父を殺したのは不良やならずものじゃなくて、日本の奴らだということを――。俺はこのかたきをとるために、なんとしても、このあだをかえすために、今にきっと日本のやつらをやっつけてやるんだ」

思想家というのは革命家をさす言葉だ。日本帝国主義が朝中二国の人々を反目させるために両国の人民の胸中深く植えられた憎悪の種は、ついに芽生えることがなかった。かえってそれを肥料として、団結が芽生え、連帯の枝が伸びた。

平児とわたしはその下で兄弟の契りを結んだ松の幹の皮をはいで、そこに朝中人民の団結のために奮闘しようという意味の文字を刻んだ。本当は「朝中団結」の四文字を刻みたかったのに、「団結」は画数が多くて刻み切れなかった。それでも国籍を異にする少年たちの間で、厳粛に確認する誓いの象徴としては充分なものだった。

（三）

平児が帰国して二十年、たがいに消息が途絶えて、わたしは彼が生きているのか、死んでいるのかわからなかった。最初の七、八年間は、それぞれの立場で日本帝国主義に抵抗しようとした彼との約束をはたせない良心の負担に生き、その後十年間は彼を慕う気持ちのなかで生きた。二十四歳の時、イワシ油工場が倒産して炭鉱に移ったわたしは、すぐに労働運動に飛び込んだ。

一九四五年の解放を、わたしは日本統治下の監獄で迎えた。いわば「治安維持法違反」という罪名で服役中だった。そして一九五〇年の朝鮮戦争が勃発したとき、わたしは朝鮮人民軍の歩兵連隊を指揮する連隊長になっていた。

（四）

一九五〇年も終わろうとするある日の夕暮れ時、敗走する敵を追って、南下するわが部隊は、東北方面から「松濤」に到着した。炭鉱に行っていたときに立ち寄って以来、十二年ぶりの故郷であった。だが、部隊の行軍計画に従えばそこには留まらず、ただの通過地点になっていた。わたしは一休みする間に故郷を少しも見られず、また平児とともに文字を刻んだ松の根元に行って見られないのが非常に心残りだった。彭徳懐将軍が率いる中国人民志願軍が渡航し参戦したのちは、平児に会いたいというわたしの願いは切ないほどだった。

昼夜やすむことなく南へ南と流れてきた砲車の縦列は、「松濤」にまできて、満ち潮にぶつかった河水のように、よどみはじめた。わたしは後ろの車の武官を呼んだ。

「どうした？　早く行って――様子を調べてくれ。何が起きたのか」

しかし武官が振り向くより早く、先頭部隊の中隊長が走ってきた。

「西北方面の新作路を進む中国志願軍の大部隊がわれわれより先に三差路を通過中です。どうしても遅滞が起きるようです。――どうしましょうか、連隊長同志。この時間を使って食事を取らせましょうか」

意外なことで時間ができたわたしは、何年かぶりに故郷の土を踏めることになった。跡形もなくなったわが家の鍛冶屋。敵我の銃弾と砲弾によって生々しい傷を負った松の木たち。わたしは何とも言いようのない思いで、松林を見やった。足首まで潜る雪の中を歩いて、血の色をした西日がさしこむ松林に踏み入った。だが、数歩も進まないで、はたと立ち止まってしまった。わたしが探し行くひとかかえもある老松のもとに、人がいるのだった。松やにに覆われた幹をたんねんにのぞきこんで、こすっているのは二人の志願軍兵士だった。

わたしはもしやという予感で全身が熱くなるのを感じた。わざと靴音をざくざくさせ、そちらの方に歩いて行った――。人の気配に驚いた志願兵は、ほぼ本能的に素早く拳銃を握りしめ、緊張した面持ちでわたしの方を見た。だが、次の瞬間、わたしと志願兵の一人は、ほぼ同時に大声で叫んだ。他のもう一人の志願兵の防寒帽が思わず脱げるほどの大声で――。

「平児じゃないか！」

「あ、宝鏡！」

平児とわたしが抱き合って靴ブラシみたいな無精ひげが生えた頬をこすり合っているのを見たもう一人の志願兵は――わたしとは初対面だが、平児の警護員だった――四、五歩下がってにこにこ笑いながら防寒帽をかぶり直した。そして真っ白な歯を見せながら何か一言――わたしにはわからない言葉で――平児に伝えた。

平児がその言葉を、発音がかなり正確な朝鮮語でわたしに通訳してくれた。

「〈うれしいでしょう？　連隊長同志〉っていうんだ。どうだ、おれの朝鮮語――まだいけるだろう？」

平児――いや今は徐生平連隊長――とわたしは肩を並べて松林を出た。夕風が松の枝を揺すって過ぎ、耳に痛いほど聞きなれた音を出した。だがその音は、決してわれわれの記憶のなかに生きているもののように、わびしいものではなかった。それは数千匹の軍馬がたてがみをなびかせてひた走るように勇壮であった。

一九五一年作。　北京『金学鉄短編小説選集』遼寧人民出版社刊、一九八五・五より訳出。

軍功メダル

（一）

敵は、朝鮮人民軍防禦線の右翼と、中国人民志願軍防禦線の左翼が接する地点を、突破するつもりらしかった。夜が明けるやいなや、戦闘爆撃機がカラスの群れのように飛び交い、爆撃とロケット砲射撃と機銃掃射を、気が狂ったように続けた。

わが軍陣地の対空砲火は、ただちに弾幕を繰り広げてこれに対抗した。高射機関銃のけたたましい射撃、次々と空に浮かぶ高射砲弾の弾煙の輪、煙と炎の尾を引いて真っ逆さまに落ちていく戦闘爆撃機、それでもなお生きようと跳び下りる空の強盗たちの落下傘のクラゲの群れ。それを見つめているわが戦士たちの「やったぞ！」という叫び――。

次いで砲弾戦が展開された。何トンという砲弾の雷雨が、敵味方双方の陣地に降り注いだ。煙、煙、煙――砲煙の幕――。

そのすきをついて敵の歩兵部隊は戦車を先頭にして突撃を開始した。これを迎え撃つわが軍の反戦車砲手たち――射撃、射撃、射撃！　命中して続けざまに火を吐く星印の戦車――一台、二台、三台、四台、五台――。

銃声と号令と砲声と叫び声が混じった熱気を帯びた戦場の嵐のような交響曲は、戦う人々の鼓膜に絶え間なく鳴り響いていた。

こうした混乱の中で、一台の狡猾な敵戦車が、わが方の反戦車砲を避け、撃破された敵の戦車の後ろについてきて、そこで再び煙の中を潜航し、わが軍陣地のすぐそばに、突然凶悪な姿を現した。これを最初に見つけたのは楊雲峰（ヤンウンボン）戦士だった。硝煙の刺激で涙がたまった目を凝らしてこれを確認した彼は、射撃していた自動銃を首にかけ、すばやく敵の戦車を目指して対戦車手榴弾を握って、ゴロゴロと傾斜面を転がり降りていった。敵戦車のキャタピラと砲撃がもたらす損失に考えが及んだ瞬間、彼はそうする以外、他の方法をとる余地がなかったのだった。

しかし、投弾できる距離までころがって、身を起こして手榴弾を握り占めたとき、自分より先にその戦車に向かって爆破筒を投じようとしているものがいるのを発見した。それは隣接する陣地から先に転がり出た一人の中国人民志願軍戦士だった。

その志願軍戦士が投げた爆破筒はまさに命中はしたけれども、力強いキャタピラにはずされ、二、三メートル飛んで落ちて破裂した。一秒遅く投じたならば成功したのに！　その上不幸なことには、その勇敢な志願軍戦士が、敵の機関銃弾に当たってその場に倒れてしまった。

さえぎるもののなくなった敵の戦車は、猛烈な勢いで襲いかかり、砲撃を始めた。

楊雲峰はパッと身を避けて腹ばいになった。重々しいキャタピラに腹の下の大地がぐらぐらと揺れた。彼はすばやく対戦車手榴弾の導火線を抜き、口の中で、一つ、二つ、三つと数えてから、ほこりをあげる戦車の尻に向かって、力いっぱい投げつけた。瞬間、燃料タンクがはじけ、まっ黒な煙と垂直の火柱が立ちのぼった。

ガタンと戦車の天蓋が空いてあわてた米軍兵士が飛び出してきた。そいつは目の前に楊雲峰がいるのを見つけると、すばやく手にしていたカービン銃で撃った。楊雲峰は右腕に焼け火箸を刺しこまれたような痛みを感じた。

彼は歯を食いしばって自動銃の安全装置を開いた。しかし、なぜかそれは開かなかった。銃にやられた腕がいうことを聞かないのか？　安全装置が故障したのか？

これを見た敵兵は〈よし〉とばかり、再び銃をかまえた。――銃声がした。だが、倒れたのは楊雲峰ではなかった。手に握っていた銃を落とし、よろよろと倒れ込んだのは、米軍戦車兵の方だった。

楊雲峰戦士は訳が分からずあたりを見回した。彼はすぐすべてを悟った。自分より先に敵の戦車に手榴弾を投げた中国人民志願軍戦士が、血まみれになりながらも、自分を殺そうとした敵兵を撃ったのだった。

楊雲峰は血が流れ出る腕を縛ろうともせずに走り寄り、倒れている志願軍戦士を抱き起こした。その志願軍戦士が敵の銃口にすんでのところでやられる危いところを救ってくれたことへの感謝の意もさることながら、重傷を負いながらも最後まで戦う勇気と頑強さに感動した。

「どこをやられた？　トンム」

楊雲峰は志願軍戦士が自分のことばを聞き取れるかのように、あわてながらも懇切に訊ねた。

志願軍戦士は問いかけたことばがだいたい分かるようで、無理に笑って見せながら、何でもないというように首を横に振った。そして逆に楊雲峰戦士の腕から流れ出る血をさし、何か分からない言葉を口にしながら、包帯を巻くしぐさをしてみせた。自分は心配ない、早くあなたの処置をしなさいというようだった。そう言い終わって、その戦士はそのまま意識を失った。

（二）

楊雲峰戦士は簡易看護所を探す途中で担架と衛生員にぶつかった。背負ってきた意識を失った血だらけの負傷者を手わたすと、出血のせいか緊張がゆるんだせいか、気力を失って彼自身もその場に倒れてしまった。

この日の夜、楊雲峰戦士は、自分が背負ってきた志願軍の胡文平戦士が後方の野戦病院へ移送されたのを見てから、衛生員が止めるのも聞かずに一人で自分の部隊を訪ねて行った。胡文平という名を、楊雲峰戦士はかれの所持品から知った。傷の痛みは、少しよくなったように思うとまた痛み、痛んだかと思うとまたよくなった。だが、彼の心は敵の戦車にけりをつけた誇りと、自分を死から救ってくれた戦友であり恩人である胡文平戦士を救出した喜びに、いまにも口笛でも吹きたいほど晴ればれとしていた。

空には星がきらきらと輝いていた。水たまりにはカエルがにぎやかに鳴いている。さわやかな春風は、道端の人の頬をくすぐる。まさにきょう昼間の激戦が、はるか昔にあったように感じられる。一日の激戦の果てに塹壕の中で結ぶ勝利者の夢はじっくりと熟れていく。

不意に現れた楊雲峰戦士を見て、中隊長は目をまん丸くした。

「やあ、生きてたのか！　俺たちはトンムが犠牲になったのかとばかり思ってた。トンムが戦車をやっつけたところまでは皆知ってるんだが――やあ、ほんとによくなったようだな。よく生きていたなあ。まあ座れ。いま報告書を書いてるところだ。詳しい話をしてくれよ。いったいどうやって敵の戦車をやっつけたんだ？」

「違います、中隊長同志！　その戦車は自分がやっつけたのではありません」

少しためらってから、楊雲峰戦士はこう答えた。胡文平は自分より先に爆破筒を投げたのであり、ましてそのことで重傷を負った人にその功労を譲らねばならないと考えた。その人が朝鮮の地にやってきて戦うのが、何か手柄をたてようという目的からでないと同じく、自分も誰がどう戦おうと、アメリカの強盗さえこの地から追い出しさえすればいいのだ、と考えたからだ。

「なに、トンムじゃないって？」

「ええ、そうです。自分より先に友軍陣地から敵戦車を追い出そうとした志願軍戦士が軍功メダルをもらって当然です。わたしはただ負傷した彼を背負ってわが衛生室に運んだだけです」

楊雲峰は無傷の左手で軍服のポケットから手帳を取り出し中隊長に差し出した。

「ここにその志願軍戦士の部隊番号と姓名が書いてあります」

(三)

言葉が通じない朝鮮人民軍の野戦病院ではあったが、胡文平は生活に何の不便を感じることなく、順調に傷がいえていった。病院内でたった一人の兄弟国の戦友だとして看護婦たちは特に親切だった。彼が唯一つ気がかりだったのは自分を死地から救出してくれた半月形の眉毛が印象的な、あの朝鮮人民軍戦士の名前も消息も、ぜんぜん分からないことだった。

何回かその戦士の所属部隊と名前を知りたいと軍医と筆談を試みたが、なぜか意思が通じなくて無駄骨に終わってしまった。しかし、その顔を二度と見られないのではないかという胡文平の心配は無用だった。彼が退院するまで一週間もないある日の午後、彼の願いは思いがけず、そして悲惨で残酷なかたちで実現された。また別の戦闘で敵の砲弾で胸に重傷を負った楊雲峰がこの病院に入ってきたのである。

この日、リンゴの木の下で杖をついて歩いていた胡文平は、ちょうど庭をよぎり病院に入っていく担架の列を目にした。近寄って、負傷者の顔に陽があたらぬようにかぶせた薄い布団を、一人ずつ注意深くめくっていった。知っている顔があるわけがなかった。それでも胡文平戦士はその一人一人に彼らには通じない言葉を小声でかけていた。しかし、終わりから二番目の担架の布団をめくった彼は、驚いて、あっと低く叫び、手にしていた杖を手放してしまった。会いたい会いたいと思っていた人の顔がそこにあったのだ。たとえ血の気の引いた顔は石膏のようではあったけれども、トビの広げた翼のような眉は依然として秀麗だった。

手術は最も重患である楊雲峰から始まった。胡文平は患者について手術室の中まではいっていったが、軍医に追い出された。

しかたなく彼はたっぷり二時間かかった手術を外で待っていた。心のなかで患者の無事だけを祈っていた。

しかし、患者をのせた担架を運んだ看護人の難しそうな顔を見て、足が震え、壁に身を持たせかけるほかなかった。

夜、のどがからからに乾いた胡文平は、はじめて病院の内務規定に違反して、就寝時間に自分の病室を抜けだし、まだ眼もあけられない楊雲峰の寝台の横に座って夜を明かした。夕飯も食わなかった。小便をすることも忘れた。彼のこうした苦行が、生死の境にある患者には何の役にも立たないことをはっきりと知りながらも、そうせざるを得ないのが、切ない彼の心情だった。

（四）

わが軍の分隊は、繰り返される敵の攻撃を退け、防禦戦から攻撃へと転化した。前線はわずか三昼夜の間に南へ十余キロも移動した。戦闘は絶え間なく排せつ物を生み出した。捕虜になったヤンキー兵たちの列は牛か馬のように群れをなして、前線が移動するのとは反対の北に向かっていた。前線の後方から撃つわが軍団砲〔軍団長が直接掌握している大砲。作戦地域に対する支援射撃をすることができる――訳注〕の音も遠い雷鳴のように聞こえるのみだった。こうして、野戦病院のガラス窓を響かせていた砲声は、いまや完全になくなった。

しかしこの時、楊雲峰戦士の生命の火は、病院スタッフの至誠と胡文平戦士の熱望にそむいて、その最後のあかりをともしていた。

一方こうしている間にも、胡文平戦士が再び前線へ旅立つ日が近づいた。次第に重体におちいっていく楊雲峰戦士の最後を見られずに旅だたねばならぬ彼の心はつらかった。だからといって、生き返るすべもない戦友を憂いて泣いたとて何になろう。哀悼より復讐だ。敵に十倍百倍の対価を支払わせることが、その犠牲の価値を高めることだ。生木を裂くような気持ちで、楊雲峰戦士に対する哀悼の情を胸の奥深く秘めねばならないのだった。

このように切羽つまった状況下に、胡文平戦士が考えもしない人が現れた。彼が所属する中隊の政治指導員が、通訳をつれて現れたのだった。看護人は彼らを病室に案内した。窓の外に繰り広げられる異国の田野の風景を無心に眺めていた胡文平戦士は、自分の名を呼ぶ耳なれた声におどろいて、後ろを振り返った。次の瞬間、しわがれた大きな声で叫んだ。

「あ！　王指導員！」

「来るのが遅くなってすまない。あす退院だって？　いま軍医から聞いた、おめでとう」

実の兄弟に会った時みたいにうれしそうな笑顔で、指導員は手を握って激しくゆすった。

次いで指導員はいそいそと肩のカバンを下ろして開けた。その中から赤い布できっちりと包んだ小さなものを取り出し、それをめんくらって立っている胡文平戦士の胸にぶらさげた。

「トンムが単独で敵の戦車を撃破したから、わが軍の受ける損害を未然に防いだ。その功労により、朝鮮人民軍の軍功メダルを授与する。――いまこの栄誉をたたえ、わたしは正式にわが中隊全員を代表して、トンムに敬意を表するものである」

「え、何ですって？　わたしが戦車を撃破したんですって？　だ、だれがそう言いましたか？」

胡文平戦士は訳が分からず、指導員の顔をじっと見つめ口ごもりながらたずねた。

「誰が？――朝鮮人民軍第一線指揮官が書いて提出した功績表によって――」〈ああ、じゃ、あの人がウソの報告をしたんだ――〉

ことの経緯を一瞬にして悟った胡文平戦士はすばやく自分の胸から軍功メダルをはずして握りしめ、とんと事情をのみこめない指導員を押しのけるようにして外へとびだした。指導員と通訳と看護人も、ともかく慌てて彼の後を追った。

楊雲峰戦士の病室にとびこんだ胡文平戦士は、寝台の周囲を囲み頭をたれ楊雲峰戦士の臨終を見送っている人々を見つけ、ぴたっと立ち止まった。彼は骨の節々から力が抜けていくのを感じた。ゆっくりと歩みをうつし寝台の前に近づいた。軍功メダルを前にかかげ、かすれた声で呼んだ。

「雲峰！　軍功メダルだ、トンムの軍功メダル！　楊雲峰同志！」

胡文平戦士の叫ぶ声に、消えゆく楊雲峰戦士の生命の火が最後の輝きをもたらした。彼は目をあけた。そして、涙にぬれた胡文平戦士の顔と、その手に握られた自分の神聖な贈り物――軍功メダルの銀色の輝きを見た。彼の口元にかすかな笑みが浮かんだ。彼はやせ細った手をやっとあげ、時あたかも吹き始めた南風にのって、いんいんと響き来るわが軍の軍団砲の音がする方を指さして、胡文平戦士には分からない言葉を二言三言吐いた。そしてそのまま消えるように息をひきとった。

傍らで通訳が誰に促されるのでもなく、沈痛なおももちで、言葉にならない楊雲峰戦士の最後の言葉を、中国語に訳した。

「文平トンム、聞こえるか？　前線がトンムを呼んでるぞ――」

胡文平戦士は軍服の袖で涙をぬぐい、手にしていた軍功メダルを、すでに息を引き取った楊雲峰戦士の胸にそっとかけてあげた。そして〈気を付け〉の姿勢を取り、永別の言葉を述べた。

「さようなら、雲峰トンム！　わたしはこの地からアメリカ強盗を一人残らず追い出すまでは、北の空を仰ぎ見ません」

南風が運んでくる軍団砲の音は、愛国勇士の最後に最もふさわしい葬送曲であった。そしてそれは一人の勇士が再び前線へ赴くのに、最もふさわしい行進曲であった。

一九五一年、北京。『金学鉄短編小説選集』遼寧人民出版社、一九八五、より訳出。

靴の歴史

この話は片ちんばの靴をはいた、ある若い生産隊長〔村長に当たる〕から聞いたものである。

彼は、右足にはコーヒー色したチェコ製の短靴を、左足にはすりへった黒い運動靴をはいていた。靴底が同じ高さでないので、歩く時少しびっこをひいた。けれど彼は少しも悪びれる事なく、わたしにその片ちんばの靴の由来を次のように披瀝するのだった――。

わたしのこの靴を見て、当然おかしいと思われるでしょう。誰もがじろじろ見ますから。でもわけがわかってみれば、何もそう変な事ではないのです。これには笑いと涙のエピソードがあるのです。しいて名付ければ靴の歴史とでも言いましょうか。

わたしはこの村で生まれてこの村で育った、いわば土地っ子です。解放前までは貧しいことこの上ない小作農の息子で、来る年も来る年も食べ物・着る物に事欠かない年はありませんでした。それでもうちの両親は、息子を文盲にだけはさせまいと学校に行かせました。おかげでわたしは、小学校四年まで通いました。ですが、身にまとう物と言えば、ぼろぼろのパジ〔ズボン〕、チョゴリ一着だけで、冬中着替える事もできませんでした。ですから取っても取ってもわいてくるシラミのために、身体中がかゆくてかゆくて死にそうでした。夜となく昼となく掻きまくって、全身傷だらけでした。

――シラミの卵が、なんであんなに多かったのか！

ですが、幼いわたしの心をもっと苦しめたのは履物でした。今でも折に触れてふと当時の事が思い浮かぶと、きりきりと胸が痛みます。

なにせ口に糊するのも容易でない身ですので、わらじ一足はくのもたいへんな事でした。そしてこのわらじの奴が、またすぐにすり切れるのですよ。そこで風が冷たい冬の朝、学校に行く時、固くしばった稲束二つを手にして家を出ました。雪道を行くのに、その稲束二つを順番に動かして、はだしで歩いて行きました。

言うならば、わらのキャタビラのようなものでした。

小さな子供にとって春の遠足くらい楽しいものはありません。いろいろ食べ物をくるんで、みんなで四キロほど離れたツツジ山のふもとに行って、心ゆくまで跳びはねるのが、どれほど楽しかったたか。何日も前から目さえ閉じれば、遠足に行く夢ばかり見ました。でも、いざその日が近づくと――わたしを待っていたのは丸木橋が真二つに折れたような絶望でした。一年に一、二度しかない遠足ですから、ともかくその日はタマゴのおかずで弁当を作ってやるよと、オモニ〔母親〕は大根キムチをパガジ〔瓢を半分にして中をくりぬいた容器〕に取りながらわたしに話しかけました。ですが、それよりももっと大変な事は、徹夜してでも きっとわらじを編んでやると言っていたアボジ〔父親〕が夜中に急に病気になって寝ついてしまったことでした。ろくな物も食べられずに来る日も来る日も辛い畑仕事を、歯をくいしばって続けてきたからでした。

はだしで遠足に行けるでしょうか。村はずれの坂道を列を作って登っていく同級生たちの楽しげな姿を遠くに見ながら、わたしは足もとに涙を落としました。同級生たちの笑い声と話し声がそよ風に乗って、わたしの耳元まで聞こえてきました。先生たちも父兄もいっしょのその列が峠を越えて消えた時、わたしは地べたに坐りこんで、オンオン泣き声をあげました。

それでも四年生まで何とか通ったものの、それきりでわたしは学校との縁が切れてしまいました。家の事情がとうてい許さなかったからです。学校をやめると、わたしはあれほど行ってみたかったツツジ山のふもとに移り住む事になりました。そこに新しくできた牧場の牛追い仕事のために、住みこんだのでした。

――とはいえ、友だちもいないその山すその生活は、何とも淋しいものでした。

その時わたしは十二歳でした。

幼い一人息子をそういう所へ送らなければならなかったオモニの胸の内はまたどんなに辛かった事でしょうか。オモニは山菜を取りに出た折、わざわざ遠回りしてわたしに会いに来るのでした。思いがけず牧場でオモニの姿を見つけると、わたしは手にしていた鞭を放りだして走り寄り、オモニのチマに顔を埋めるのでした。泣いて泣いて、チマのすそを涙でびっしょり濡らしました。がさがさの手でわたしの頭を撫でてくれ、オモニも泣きました。このうなじに温い春雨のような涙がポトリポトリと落ちたその時のうれしさを、わたしは今も忘れる事ができません。

その年の夏、ひょんな事から牛皮の切れ端が手に入りました。牧場で病気にかかった牛を一頭つぶしたのでした。わたしはその牛皮の切れ端を二つに切り、グルッとまるめて穴をあけました。キリの先を火で焼いて穴をあけたのです。その穴にひもを通せば、きんちゃくみたいな革靴が一足できあがりました。自分ではそれがどれほどすてきな靴に見えたことか。わたしはあまりにうれしくてどうしてよいのかわかりませんでした。生まれてはじめて履いた革靴ですから、それもそのはずでしょう。たとえ、おぼつかない手付きで作った亀の甲みたいな見栄えの悪い、名ばかりの靴とは言っても。

さあ、それからが大変です。その亀の甲みたいな靴は、なめしていない生の皮で作ったので、ひとたび乾くと枯葉のように縮まってはけなくなります。足がはいらないのです。そこで一日に何度か、牛が水を飲む小川に跳びこんで濡らさなければなりませんでした。どこでも水たまりさえ目につけば、走って行って足を濡らさなければなりませんでした。夜寝る時は土に穴を掘って、その中に埋めて置きました。そうすれば湿気を保てるからです。——朝起き抜けに外に跳びだして靴を掘りだし、両手に下げて見つめる楽しみは、実に天下一品でした。——その嬉しさをどう表現すればよいかわかりません。

けれどこれはみな昔の話、二度と返らない昔の話です。

ご存知のように土地改革後の、特に合作化運動が始められた後のわたしたちの生活は急速に向上しました。かつての暗い痕跡と言ったら、ただ記憶の中に残っているだけになりました。

一昨年の秋、わたしは市内の百貨店にはいってチェコ製の革靴を一足買いました。——それがここに残っている片一方です。これを買って履いたわたしは、用もないのに人が大勢集まる所をやたらと歩きまわったものです。みずから進んで人の使い走りもやりました。人のたくさん集る所へ行く仕事なら何でもみな引き受けました。説明するまでもなくお察しでしょうが、もちろん靴の自慢をするためです。この靴の奴のために性格が変わってしまう程でした。もともとわたしは、そんなにせわしく歩き回るのが好きな質ではなかったのですが。

ところが不幸な事に、ある晩——ちょうど去年のメーデーの日の晩でした。わたしたちの村の前にかかっている橋の下を流れる灌漑用水があるのをご存知でしょう。そこで事が起きたのです。村の人民委員会に行っての帰り道でした。橋の片隅にちょうど足が落ちこむほどの穴があいていて、運悪く足をすべらせてその穴にはまり、靴の片方を落としてしまったのです。今でもその靴が川に落ちた時のポトンという音がこの耳に響いてきます。——わたしは必死になってあちらこちら捜しまわりました。マッチ一箱、五十本以上もすって橋の下を照らしました。指先にやけどさえしました。ですが無駄でした。水量が多くて一度落ちたらもうおしまい。探しようがありませんでした。

わたしはひどくがっかりして、残った片方を眺めてはため息をつくばかりでした。それでもわたしは惜しくて片方の靴を捨てられずに――それがこれです――そのまま物置の棚の上に置いておきました。次の日の午後、しかたなく運動靴を一足買って、しだいになくした靴への思いを次第に忘れていきました。

ところでご存知のように、去年この地方は凶作に見舞われました。ですから取り入れが終わっても、新しい革靴を買おうなんて気はとても起きませんでした。次の新穀が出る時までいかに食糧を確保するかという問題で頭が占められていたからです。

去年の三八節〔国際婦人デー〕の日、わたしたちは川向こうの村のサッカーチームと対抗試合をしました。結果は五対四でわたしたちが勝ちました。勝つには勝ちましたが、その折、わたしの運動靴の片方がぼろぼろになりました。ボールを蹴る右足の方がまずだめになりました。もう履き古した物でしたので、つくろう余地もありませんでした。考えあぐねた末はたと思いつき、物置に置いておいた半端の靴をとりだして一足として履くことにしました。

話はあらかた終わりました。ですけど、この靴の歴史のいちばん大事な部分はこれからです。

わたしはこの冬、三月末現在でカマス六百枚を織りました。そして家ではブタ二頭を育てました。一頭は今月売り、もう一頭は来月売ります。そうすれば、ムギやジャガイモができる時まで、わが家三人の食糧問題は解決できて余裕があります。数日前計算してみますと、ほぼ四十元が残るはずです。

なのになぜ新しい靴を買わずにかたちんばのを履くのかとおっしゃるのですか。そう、問題はまさにそこにあるのです。わたしたちの生産合作社が、今年の農作業を順調に進めるには、それに必要な物を充分にそろえなければなりません。——種、肥料、農薬、農具、それに牛や馬。こうした物をみんなうちの合作社員の生産投資でもって解決しなければならないのです。貸付金ですか。それは上策じゃありません。貸付金を使うのは、去年こうむった災害の傷跡を、来年再来年まで引きずって行く結果をもたらしやすいのです。もっとも賢明な方法は、できるだけ貸付金を使わない事です。そうすれば去年の災害の傷を、今年中にいやす事ができるでしょうから。

そこでわたしは靴を買う金を、ほかの金とともに全部生産に投資してしまいました。——今年農作業をうまくやれば、秋になったら、こんなものよりもっと上等なものを、一度に二足でも三足でも買えますよ――片方くらいなくしたって問題じゃありません。ハハハハハ……。

嫁ですか。もちろんもらいますよ。片ちんばの靴をはいて歩くのを嫌がったらどうするかですって? ホホー、そんな、たった五、六歩先さえも見通せない花嫁なんてご免こうむりますよ。こちらからお断りです。片ちんばの靴を履いて歩いても良いという嫁をもらいますよ。いや、そういう靴を履いているからこそ好きだという、そんな花嫁をもらわなくては。片ちんばの靴を履いても社会主義へ通じる大路を自信満々闊歩する若者をちゃんとわかってくれる、そんな花嫁をもらいますよ。

一九五三年、延吉。『金学鉄短篇小説集』遼寧人民出版社、一九八五刊より訳出。

戦乱の中の女たち

河北省賛皇境内の野草湾は、太行山からわずか十余里〔十里は約四キロ〕離れた市場通りにあるが、日本軍はそこに太行山抗日根拠地を狙う前哨基地――拠点を構築しておいて、たびたび「討伐隊」を出動させ、近くの村落をかく乱していた。八路軍には当時航空機はもちろん、山砲、野砲もなかったので、敵の鉄条網がめぐらされた砲台を攻撃し、根こそぎ壊滅しようとすれば、相当な犠牲が出ることを覚悟しなければならなかった。

そこで朝鮮義勇軍の参謀長陳一平（チンイルピョン）と、新たに編成された第一支隊をひきいる金永信（キムヨンシン）は、太行山中の市場通り丁峪で友軍部隊の指揮員たちと作戦会議を開き、具体的な案をしぼった。

その結果、参謀長は第一支隊全員を村はずれの窪地に集めておき、丘の上には歩哨をたてて、朝鮮語で説明した。こうした措置をとるのは、作戦計画が外にもれる心配があったからである。敵軍の占領区に近い市場通りに暮らす住民たちをすべては信じられないからだ。敵軍と内通する良からぬやからが、白米にまじったモミみたいにいたのだ。

「だからわれわれは全員日本の軍服、日本の武器で変装しなければならない。友軍の軍需部門から、鹵獲(ろかく)した日本の装備を、必要に応じて供給してくれるという確約を取っている。だから、われわれはしばしば日本皇軍になってみようというのだ——」

陳参謀長がこう語ると、隊員たちの中で楽しげな笑いがはじけた。丘の上の歩哨は、なぜ笑うのか分からなくて、ぼんやり窪地を見下ろしていた。

「そして行動はもちろん——夜襲だ。野草湾拠点と賛皇本隊のあいだの軍用電話線を切断することから作戦が始まる。——電話線が切れれば両方、野草湾も賛皇もいずれも——異変が生じたことが分かるはずだ。そうなると野草湾の敵はすぐ戦闘態勢を整え、賛皇本隊ではすぐ増援隊を派遣するようになる。敵の増援兵力は、われわれの一個大隊が途中で阻止するよう、既に約束ができている。だからわれわれは全力をあげて野草湾を襲撃することに集中すればよい。いわば請け負った形だ——」

隊員たちはまた愉快に笑った。

「だからわれわれは賛皇本隊から駆け付ける増援隊に仮装して――正々堂々と大いばりで、敵の砲台に入っていくわけだ――」

この言葉に隊員たちはたがいに見交わし、あるものは腕を伸ばし、あるものは肩をそびやかした。具体的な配置は金支隊長がやるのだが、彼もまた愉快な気分が乗りうつって、

「増援隊長、日本軍中尉の役は――」

と、隊員たちを見回していたが、李志剛(リジガン)に目を止め、

「李志剛トンムが引き受けるように――」

と言い、いつもの調子で、

「将校の格好を正確にするように。夜中だからといって、いいかげんな服装では正体がばれる。やつらもでくの坊じゃないんだから、探照灯で確認してからオーケーを出すから」

と、付け加えた。

何日かたった。戦闘帽・鉄かぶとをかぶり、三八式銃を担いだ第一支隊の隊員たちはたがいに見合って大笑いして、なかなか本来の用事をたせなかった。軍曹の服装をしたふざけん坊の葉興徳(ヨプフンドク)が、直立不動の姿勢で李志剛に、

「ナカムラ　チュウイドノ」

と敬礼をすると、中尉に化けた李志剛は、

「アア、タナカ　グンソウカ」

と、傲慢にうなずくしぐさをしたので、また愉快に笑いが爆発した。

「おれたち、仮装舞踏会でもやるか？」

「女もいないのに？」

「独身男・男やもめ舞踏会」

「いや、チョッパリ〔牛や馬などひずめの割れたもの、転じて日本人の卑称――訳注〕舞踏会」

「ワハハハー！」

「さあ、踊れ！」

「クンチャチャ、クンチャチャチャ――」

みんな興に乗ったようだ。革命的楽観主義はいつでも朝鮮義勇軍とともにあった。

朝鮮義勇軍では組織部成員であれ宣伝部成員であれ、いうまでもなく、戦闘では一般隊員たちとともに参加することになっていた。のみならず突撃体制に入るときは必ず指導員が戦闘員の前に出て、

「共産党員は二歩前へ！」

と命令し、共産党員は前に出るのが慣例となっていた。共産党員たちはそれを当然の事と思っていた。率先して敵陣へ飛び込まない共産党員は、いったい何のための党員か。率先して陣頭に立たないことには共産党員の資格がないものと彼らは分かっていた。

一個支隊の朝鮮義勇軍と一個大隊の八路軍の協同作戦が始まった。弓張月が古布団の綿のような雲のあいだを出たり入ったりする初秋の晩、草むらでチ、チ、チと鳴く虫の音がひどくわびしかった。八路軍部隊は賛皇から六、七マジャン〔約二、三キロメートル〕離れた橋の左右にかくれ、間違いなく押しかけてくる敵増援隊を迎え撃とうと、準備万端整えていた。朝鮮義勇軍は野草湾から四、五マジャン離れたところで電話線を切断しておいて、五時間くらい待って、賛皇本隊から増援に来たように装って、砲台の戸を開けさせようという、こちらが仕掛けたワナだった。

ところが、意外なことが起きた。電話線の切り時を待っていると、ほのかな月明りのもと、大通りを一匹の犬が野草湾から矢のように走ってくるのを目にした。

「あいつ、軍用犬じゃないのか?」

「そうだ」

「撃て!」

七、八名がその軍用犬に向かって銃を乱射したが、犬にあたらなかった。犬は身を伏せて腹ばいになりそろりと這って行ったが、突然また走りだした。今度は大通りでなく平地を走り、またたくまに軍用犬は姿をかくした。

「あの犬、よく訓練されてるな」

「逃がしちゃったが――どうしよう?」

「賛皇本部へ連絡が行くに違いない」

数人が話しているうちに、東側――賛皇側から突然銃声が大きく響いた。見るまでもなく、友軍の大隊が賛皇から群がり出てくる敵の増援兵をやっつける音であろう。マメをいるような銃声がまばらになるのを待って、李志剛を先頭とした義勇軍の隊伍は、野草湾砲台にむかって急いで行軍した。

不安に覆われて増援隊が来てくれれば、と待ちわびていた砲台の歩哨長が、大通りを次第に近づいてくる〈わざと聞こえるように靴音を立てて〉大勢の足音を耳にし探照灯をつけて照らして見て、

「誰だ?」

と鋭く誰何した。李志剛は探照灯のまぶしい光線を手でさえぎって、日本将校になりす

まし、威厳ある語調で、

「どうだ、異常ないか?」

と、完璧な日本語で叱るように反問すると、砲台の上の歩哨長はうれしそうに、

「はい、異常ありません。上官殿!」

と、恐る恐る答えた。続けて、

「少しお待ちください。すぐに小隊長に報告します」

と、慌ただしく出て行った。探照灯のあかりに自分の目で確認した日本軍服、自分の耳ではっきり聞いた将校の威厳ある日本語に、歩哨長はあれこれ考えてみる必要を感じなかったのだ。ありがたい増援隊と信じて疑わなかったのである。

遅滞なく小隊長の指揮によって、重々しい砲台の戸が内側から開けられ、すぐに兵士たちが出てきて、通路を妨げていた有刺鉄条網を片付けた。増援隊が入る道を開けるためである。

「夜中にご苦労様です」

と、先頭に立ち喜び迎える小隊長を李志剛は雑談など無用とばかり拳銃で撃った。それが突然の戦闘開始の信号となった。驚愕と恐怖に包まれながら頑強に抵抗する敵兵との肉

薄戦はそう長く続かなかった。指揮官がまっさきにやられたために、彼らは「頭のない龍」になってしまったのだ。

接戦の果て、生きて捕虜になった重傷者一人と軽傷者二人だけで、あとはみな壮烈な犬死だった。壮烈な犬死という以外に、形容することができない死であった。主観的には壮烈であったけれども、客観的にはみすぼらしいものだったから。

にせ日本軍——朝鮮義勇軍隊員たちは、顔に血が跳び、軍服が血で濡れ、銃剣が血塗られているのを見ると、ぞっとした。李志剛は死んだ敵兵の所持品をくまなく探していたが、一つの雑のうから袖珍本を一冊拾い出した。太行山では本が何よりも貴重であったからだ。

敵の増援隊を撃ち破り作戦任務をなしとげた友軍部隊も、大きな損傷なく帰ってきた。こんなすっきりした勝利は、きわめて稀なことだ。実践では周到綿密に練った作戦計画も、めちゃめちゃになる場合があるものだ。今度の場合二つの部隊がともに躍りかかって砲台を徹底的に破壊したのち、火を放った。周雲龍(チュウンニョン)は部下二、三名をつれて、街中をくまなく歩きまわり、敵軍に対するビラを貼るのに忙しかった。撤退するとき八路軍のある小隊は、砲台からかなり離れた付属建築物で慰安婦四、五名をとらえた。彼女たちを侵略者とみなしたようだ。鹵獲した弾薬その他の装備が幾つかの山になっているものを、敵我両軍の負傷兵とともに――日本軍が発給したいわゆる良民章を胸前につけた野草湾の一般庶民を働かせ――担架、てんびんぼうなどでかついで運んだ。

昼ひなか心ゆくまで眠って目を覚ますと、もう夕暮れ時だった。李志剛が思いだしてポケットをまさぐると、鹵獲品の袖珍本が出てきたが、見ると表紙に書いてあるのが日本語ではなくて、ハングルであった。金東仁の短編集だった。手に取ってみると、表紙の裏に四角のハンコが一つ押してあり、漢字で四文字、金田学成と読めた。李志剛はびくっとして頭ががんがんした。

〈じゃ、朝鮮人だったのか。――学徒兵だったのだ！――いくら知らずにしたこととはいえ、――遠い異国で同胞を殺したのだ！〉

李志剛はやるせない悲哀に沈んだ。

次の日、その短編集の中で「足指が似ている」という奇抜な題名の短編をまず読んでみた。李志剛は読んでも読んでも苦笑するほかなかった。性病で生殖能力を失った男子が、身持ちのよくない妻が産んだ子を自分の息子と信じようとするが、似ているところが一つもなく、さんざ悩んだ末に、最後に子供の足指が自分に似ているから自分の息子に間違いないといって喜ぶ話である。李志剛は亡国の悲運を目の前にしてみすぼらしい小説を書き、民衆の意志を麻痺させようとするブルジョア文人たちの所業が憎かった。

李志剛があれこれ思いをめぐらせていると、外でふいに騒がしい声がした。何だろうと思って起き上がって出てみると、友軍部隊が野草湾襲撃時に捕まえた慰安婦四人を朝鮮義勇軍に預けに来たのだった。身にハデな色の和服、つまり日本服を着ていて、髪はもじゃもじゃの女性四人がぎこちない物腰で庭先に立っていた。日本の女かと思ってとらえたが、朝鮮人と分かったので、君らにまかせるということだった。思いがけない贈り物に、金支隊長はあきれてしばらく苦笑いをするばかりだったが、仕方なく引き受けたのに、引き受け証まで書かされた。相手がそれを要求したからである。

「面倒くさいやつらだなあ。なんだってあんなのをつれてきたんだ?」

「そうよなあ。俺たちが捕まえてきたのなら——焼いて食おうと煮て食おうと——自分たちで決められるんだが——」

「あんな面倒くさい連中を引き連れてきてどうする?」

「俺だって知るものか?　隊長がどうにかしてくれるだろうよ」

「それにしても、ひどい顔をしてるな」

「かぼちゃか、こうじ味噌か——石臼か?」

李志剛が改めて見ると、果せるかな一人一人がみな醜女だった。醜女も並の醜女ではなかった。ブス中のブスであった。そばに立っていた周雲龍が首を横に振った。李志剛も向かい合って苦笑いを返した。

「敵の砲台を攻め落とそうとしたんだが、こんなおまけまでついてくるとは、誰も考えなかったたな」

「世の中というものは、思い通りにはいかないものさ」

と、李志剛は生活の哲理を悟ったように受け答えした。

「どうも一筋縄では、いかないようだな」

やっかいな四人の女は、すぐ桐峪(とうよく)指揮部に護送された。

第一支隊は一カ月ほど賛皇一帯を転々としていたが、道端の草むらに薄霜が白く降りるころ、いったん桐峪に着いてみると、石鼓山に出ていた独立支隊も三、四日前に帰ってきていた。その間、四人の女は、義勇軍の女隊員である李蘭英(リランヨン)と金尚燮(キンサンソプ)が主に教育係をまかせられていた。四人の名はなんとかスニ、なんとかオク——たがいに似ていて、ややもすればもつれあった。その名前が似ている女たちについて李蘭英と金尚燮は、李志剛と周雲龍に、こう語るのだった。

「ほんとに不幸な女たちです。片田舎に生まれ、大きくなっても小学校にも通えなかったのです。貧しさのあまり売られた女たちです。顔がきれいじゃないから、戦場から遠い後方に持っていかれずに――戦場の前に前に押し出されてきたのです。最前線では飢餓状態で美人だ不美人だと言っていられないからです。この最悪の条件下の女性たちは一日に二、三十人ずつ、三、四十人ずつ相手にすると、腰が痛くてたまらなくなるのです。ご飯を食べる暇もなく横になったまま握り飯をほおばって済ませたことも時々あったとのことです。これこそ生き地獄ではないですか。一緒に暮らしてみると、なんでこんなに純朴なのか――山の中に育ったキキョウやツルニンジンみたい。そんなにも飾りけなく実直で、すなおなのです――」

李蘭英の話に金尚燮が続けた。

「そしてよく働くんです。山にたきぎ取りに行くと、力持ちの作男にまけていません。わたしたちが束になってもかないません」

「彼女たちは日本強盗の奴らのため無残にも踏みにじられた犠牲者ではないですか。そんな女たちを顔が少々まずいからといって――学がなく、いやしいからといって、わたしらが蔑視し差別するとすれば、それは恥ずかしいことではないでしょうか」

「わたしも絶対に彼女らの側に立ちます。みんな性病にかかっているので、まる一日かかっても病院に通わねばなりません――どんなに可哀相か――本当に」

李志剛と周雲龍は人間修行において、一課目を学んだように粛然としていた。

延辺人民出版社　一九八七年六月刊『金学鉄作品集』より訳出。

こんな女がいた

(一)

朝鮮義勇軍の別動隊の一つ――金永信(ヨンシン)支隊が馬嶺関から下山して、臨城、賛皇、高邑、柏郷、四郡の中心点になる鴨鴿営付近で、呂正操〔張学良の部下。中華人民共和国建国後、鉄道部長に任じる〕部隊の二つの大隊とともに敵軍占領下の平漢線〔北京―漢口を結ぶ鉄道〕を越えたのは、煌々たる月明かりがこの世に満ち溢れていた真夜中であった。敵軍が鉄路の両側に深くて広い遮断壕を掘り、そのうえ、鉄路に沿って高くそびえ立つ望楼から監視をしているので、工兵役の戦士たちが気転をきかして足場をつくってくれないことには、部隊の通過はおよそ不可能であった。文句一つ言わず、まかせられた仕事を忠実に果たすこの戦士たちは、実に、前進する部隊の前途に横たわるあらゆる障害物をとり除いてくれる「キー」の役割りを果たしていた。

平原地区の良いところは、粟飯、とうもろこし飯でなく、小麦を食べられることだった。太行山の中ではきわめて不足がちな塩もここではそんなに貴重品ではなかった。その代わり、ほとんど毎日のように宿営地を移動するのは、わずらわしくて死ぬ思いだった。敵軍にしっぽをつかまれないためである。敵軍とかくれんぼしながら暮らしているようなものだった。利があれば、必ず害もあるというが、はたしてその通りだ。太行山では塩気のないおかずと粗末な食事の代わりに、宿営地だけは何ヵ月間か一ヶ所にとどまって暮らすことができた。

李志剛（リジガン）と周雲龍（チュウンニョン）は麦わらの束の上で目を覚まして、横になったままコソコソと話しあった。

「飯はここで食って、夜は太行山で寝られるといいなあ」

「『キジも食べ、タマゴも食べる』式に両方とも欲張るつもりかい」

彼らはこの時、深県、武強一帯をぐるりと回っていた。分散された敵を見つけると襲い、集中している敵を見つけると避けた。スズメの群れのように集まっては散り、散ってはまた集まった。それが遊撃戦だ。

「俺は寝不足で頭の芯がズキズキするよ」

「そんなもん、だんだんなれてきて気にならなくなるさ」

「蚤（ノミ）は太行山よりもちょっと少ないようだね」

「ちょっとどころか、ずっと少ないよ」

太行山では洗面器に水を汲んでおくと、またたくまに蚤が飛びこんできて真っ黒になった。

「冬になったんで少ないのかも知れないな」

「そうかもしれん」

「広東では、冬でもカヤを吊って寝るんだって?」

「あそこのカヤは寝台に付いているんだよ。飾り物みたいに」

こう言う周雲龍は、広東の中山大学出身だった。

この日の午後、金支隊長は緊急会議を招集し、全隊員に非常事態を知らせた。

「……日本海軍の航空隊が去る八日未明、ハワイの真珠湾を奇襲しアメリカの艦艇に甚大な損害を与えた……」

隊員たちはにわかに緊張してみんな金支隊長の口元を見つめていた。支隊長金永信は、細身の体にほっそりした顔つきで目まで細かった。しかし剛毅さと活力がいつも全身にみなぎっていた。彼は中央軍官学校十期の歩兵科卒業生だった。

「……日本帝国主義は、ついに南進策を断行しました。社会主義ソ連に対してではなく、帝国主義アメリカに火を放ちました。レーニンの論証はまたもや実証されました。〝資本主義国家発展の不均衡法則〟は再びその透徹性を全世界に誇示しました。帝国主義の強盗たちは、たがいに食い合うのに忙しく、他の事をかえりみるいとまがありません。戦局はわれわれにきわめて有利に展開されています……」

会議が終わった後、李志剛は一気に士気が高まり、周雲龍を振り返って、

「そうとなれば、おれもそう遠からず、わが婚約者に逢えるっていうものよ」

とニヤニヤした。周雲龍が、

「婚約者？　いったいそんなのがいるのか？　どこにいるんだ？」

といぶかしげに言うと、李志剛が、

「じゃ、おれに婚約者がいないって言うのか?」

と威丈高に反問した。

「初耳だね」

「初耳だって? フン、おまえのあの李蘭英(リランヨン)のたぐいが、ぞうり持ちにしてくれといって来たって『不要(ブーヤオ)』〔いらない〕だ」

李蘭英と周雲龍とが、いい仲であることは皆が知っていた。

「あんまりからいばりするなよ。どれ、写真でもちょっと見ようじゃないか……どんなにきれいか」

それまで横でニヤニヤ笑ってみていた陳国煥(チンクッホアン)が突然声をだして笑いながら口をさしはさんだ。

「写真を見ると夢に出てくるぞ。見るな、見るな。車にひかれたガマガエルのようだったぞ……俺は見たんだ」

「本当か?」

「おれがいつ嘘ついた? 手紙だって全部読んだんだ。『長淵〔黄海道の地名〕の崔参奉宅の一番上の孫娘と婚姻を決めたからそう心得よ』と父親が書いてきたんだよ。筆字でね」

李志剛は黄海道海州の人間だったが、彼の父親は豊かな不在地主、即ち市内に住む地主だった。

「それはいつの事だ？」

「南京にいた時」

「南京にいた時？　そりゃ、とうの昔じゃないか。それじゃ、今頃はもう年とって腰が曲っているよ」

「こいつが戦場で仏さんになったら……婚約者のまま寡婦になるよ……封建的な家庭だからなあ」

周雲龍と陳国煥のやりとりをきいていて李志剛は、

「くそをしたアヒルみたいに、よくもガーガーしゃべってくれるな」

と言って、陳国煥の肩をポンとたたいた。陳国煥はアハハと笑い、

「違うよ、本当は」

と本音を吐いた。

「こいつが、あの時手紙を受け取って腹を立てて写真をビリビリ破いたのを、おれが一つずつ拾い集めて張り合わせてみたんだ。とても優しそうだったぞ」

「それじゃ今でも遅くないから急いで手紙を送れ。必ず帰る、待っていろよって」

周雲龍がアッハッハと笑うと、陳国煥と李志剛もつられていっしょに笑った。日本帝国主義が太平洋戦争を起こしたという知らせが、彼らには勝利が近づいてきたという朗報に受け取れたのだった。日帝がもし「北進」を「断行」したとすると、ソ連がドイツと日本の双方に対処しなければならず、むずかしい局面にぶつかるために、彼らは密かに心配していた。それで、日帝が「南進」したとの一言で安堵の胸をなでおろし、気分が晴やかになったのであった。

（二）

それから四、五日過ぎてからのことだ。日が落ちてから、一個の分隊が楡林から一キロほど離れた小さな宿場町に偵察に出てみると、ちょうど一台の乗用車——黒塗りのフォードが西側、つまり石家荘方面に向けて止めてあった。この道は滄州——石家荘を連結する幹線道路だった。〈石家荘の地名は、この時占領軍が石門市と変えた。〉国防色の国民服を着て戦闘帽をかぶった運転手が旅籠(はたご)に入り、ラジエーターに入れる水をバケツ一杯もらって出てくるところだった。運転席には洋装の若い女一人が坐っており、後ろの座席には、洋服姿の年配の口ひげをたくわえた太っちょと、国民服に身をつつんだ三十過ぎの男が乗っていた。

こりゃあ、結構な獲物じゃないか。

一個分隊おおよそ二十名の武装隊員が不意に襲いかかったので、運転手はびっくり仰天し、水の入ったバケツを落として尻餅をつき、自動車の中の三人はみな顔色を失い、身じろぎもできなかった。口ひげを生やした太っちょ男の指の間で火のついたたばこがブルブルゆれていた。

一瞬のうちに男女四人を車から引きずり降ろし、ひっとらえて前を歩かせ、すぐにその場を離れた。あとに残った何人かが李志剛とともに自動車に火を放った。ピカピカの新しい乗用車が一瞬のうちに炎に包まれるのを見て、李志剛が、

「キャンプ・ファイヤーでもやるか」

と言って笑いながら火にあたるふりをすると、

「牛のキンタマを焼いて食わないのか?」

誰かがそばで冗談口をたたいた。

まともに歩けない男女四人を後ろから押したり、前から引っ張ったりしてあぜ道を通って宿営地に戻ると、もう夜はかなり更けていた。男三人は一部屋に押しこみ、女一人は別に閉じこめ、歩哨に頼んだ後、出発の準備を整えた。

明くる日の朝、まず男三人を審問してみると、口ひげをたくわえた太っちょは、日本で名の知れた土木建築会社間(はざま)組の石門出張所の所長だったし、若い男は建築技士、あとは女秘書と運転手だった。

「どこへ行くところだったんだ? それともどこかへ行っての帰りか」

「滄州に用があって……あの人たちを連れて行った帰りです」

「軍用か?」

「ちがいます、ちがいます……軍とは何の関係もありません。民間の用事です。純粋に民間の用事です」

口ひげの太っちょは軍の仕事でないことをしきりに弁明した。李志剛がニヤリと笑って言葉をかけた。

「ここに残ってわれわれといっしょに暮らす気はないか？　われわれといっしょに仕事をやってみる気はないか」

と、意向をさぐると、口ひげの太っちょは奇妙な顔をして返事をしなかった。建築技士はしかめ面をして首を横に振った。運転手は二人の上司の顔色ばかりをうかがっていた。

李志剛と周雲龍は審問をいったん打ち切ってすぐに女秘書を閉じこめている家に向かった。女は前日の夕暮れにちらと見た見おぼえのある二人の若い軍人〈彼女の考えどおりに表現すれば、二人の若い共産匪賊〉が戸を開け入ってくるのを見て、ひどく驚いたようすだった。急いで炕（カン）〈中国北方、漢族家屋の暖房装置。床の一部分をレンガで積みあげ中を煙が通るようにして火をたく。オンドルと違って床全面の暖房ではない〉の隅に身を避け、ひざを抱えて坐り、ブルブル震えるのだった。そう不美人ではない顔は白紙のように蒼白だった。

「恐がることはないから……気持ちを静めて……楽に座りなさい」

李志剛がおだやかな日本語で落ち着かせた。女は二人の顔に悪意がないことを見ていささか安心したのか、目付きは相変らずおどおどしていたが、居ずまいは楽にした。また震えも少しおさまった。二人は炕の縁（へり）に腰を下ろした。李志剛がことさら冷静に話しだした。

「名前は？」

「はあ……？」

女はあまりにも緊張しすぎていて、問われている言葉の意味がわからないのは明らかだった。

「聞こえないのかね？　名前はなんていうのか聞いたのだけど……」

「あ……はい、わたし……柳川明子といいます」

「やながわあきこ……」

とくり返し、李志剛は周雲龍と顔を一度見合わせて再びたずねた。

「故郷（くに）は？」

「故郷ですか？　はい、わたしの故郷は……仁川（インチョン）です」

「仁川だって……朝鮮の仁川？……」

「はい、そうです」

「仁川が出生地かね？」

「はい」

李志剛と周雲龍はもう一度顔を見合わせた。

「じゃ、学校はどこ……」

「京城女高です。京城女高を出ました」

ソウル斎洞にある京城女高は、朝鮮の女学生が通う公立学校だ。李志剛が驚いて思わず朝鮮語で、

「それじゃ朝鮮人ですか？」

と叫ぶように聞くと、女はしばらくどぎまぎした目で李志剛をみつめていたが、突然泣き出し、

「朝鮮の方たちですか？」

と膝でにじり寄ってくるのだった。地獄で仏に会ったかのようだった。

後でわかったことだが、柳川明子二十三歳は、間組に入社してやっと一年が過ぎたばかりだった。

当日、支隊本部では次のような決定を下した。

日本の男三名は必要ない人間だからただちに送り返すことにする、朝鮮女性一名は包摂できる対象としてひきとめておくことにする。

（三）

夕闇がせまる頃、武装隊員五、六人が宿場町が遠くに見える所まで日本人たちを連れて行った。別れに際し李志剛が口ひげの太っちょに、

「あそこまで行くと行き来する軍用トラックがあるだろうから、手を上げ、止めて乗って行きなさい。みんなあなた側の人たちだから大丈夫でしょう。それから、女秘書は朝鮮人だからわれわれが引き受けたと、あなたたちの領事館に行って申告しなさい」

と言い渡していると、横に立った周雲龍が宣伝ビラ一束を彼のポケットにねじこみながら、

「安田所長、わずかばかりの物だけど、これは餞別の意味で差し上げる贈り物だと思ってください」

といって居あわせた人々を笑わせた。

あくる日から、柳明子（リュミョンジャ）は絶えまなく移動する抗日部隊について気のすすまない戦闘行脚にしぶしぶ加わった。李志剛が責任者として教育をするのだが、女はそのたびにうつむい

て聞いていて、李志剛の話が終わると、決まって必死に懇願するのだった。

「お話は良くわかりました。だけど、今度だけはこのまま帰してください。両親に会って……事情を話して……また来ますわ。必ずまた来ますから、ねえ先生」

どんなに言いきかせても手の打ちようがなかった。馬の耳に念仏、まったくの無駄骨だった。「鬼神は経文に伏し、人は人情に伏す」というが、柳明子だけは何物にも伏すことがなかった。薬石効なしだった。石ころは釜に入れてゆで、またゆでてもやはり石ころだった。絶対にふけあがらなかった。相も変わらず、その「お話は良くわかりましたけれど……ね、先生」をくり返すのだった。まったく同じ言葉をしつこく何度も何度もくり返すのだった。

性格が人一倍のんびりした李志剛も、しまいにはカブトを脱いでしまった。仕方なく、金支隊長に事の顚末をありのまま報告した。金支隊長は、

「まったく風変わりな女に出会ったもんだ」

と言ってしばらく考えていたが、顔を上げ、

「そんなのは送り返してやろうか？　なまじ連れ歩いても……面倒ばかりで」

と李志剛に意向をきいた。

「どうにでも良いようにしてください」

荒くれ男の世界にたおやかな女が一人まじったらどんなにいいだろう。しかし当人がどうしても嫌がるものを……惜しい気はするがやむを得ないことだ。李志剛がその足で女の所に行き今夜送り返してやると言うと、女は喜んでどうしていいかわからず、

「先生、ありがとうございます。ありがとうございます」

と何度も何度もおじぎをするのが、李志剛は一面では憎らしくもあり、また一面では惜しくてならなかった。

夜、多くの星に飾られた夜空に深県城の城壁がはっきりと望めるところまで来て李志剛が足を止めると、柳明子も歩みをとめ、また護送してきた隊員たちも立ちどまった。

「さあ、ここからは一人で行きなさい。あそこのあの城門に向かって真っ直ぐ行けばいい。われわれはここで無事に城門をはいるまで見守っているから……落ち着いて行動してください。わたしが教えたとおりにしてください。じゃ、ごきげんよう」

最後の別れの挨拶のつもりで固い握手をしたのだったが、女の手の汗ばんだ感触が李志剛の掌にいっまでも残って消えなかった。

女はしばらく前に向かって歩いていたが、立ちどまって少しためらっていた……何を思

ったか突然戻ってくるではないか！　李志剛の胸は激しく揺れた。戻ってきていた女がまた立ちどまり、しばらく立ちすくんでいたが、また、きびすを返して城門に向かって注意深く歩いて行った。李志剛は一瞬足の力が抜けていくようだった。真暗闇におおわれた城門の門楼から鋭い誰何の声が飛んできた。

「誰だ?!」

　すると柳明子が、李志剛に教えられたとおり答えるのが暗闇の中ではっきりと聞こえた。

「八路軍に拉致されていた間組石門出張所の柳川明子が帰ってきました」

　門楼でガタガタという音がした。しばらくして、

「いいだろう。それじゃ……両手を上げて……そこで立って待て」

　荒々しい声が威嚇的に返ってきた。そしてまたしばらくして固く閉ざされていた城門のすき間から灯りがちらりと見えてすぐにギィーと人一人がやっと通れるくらい城門が開けられた。両手を高く上げた女の影が、城門の中に消えると、城門は再びギー、ガタンと重い音をたてて固く閉ざされた。城門のすきまからちらりと見えていた灯りも消えた。万籟が静まりかえり、夜空に流れ星が一つ地平線に向かって尾を引いて落ちていった。李志剛の胸は晩秋の豆畑のようにかき乱れていた。

（四）

ところが、からみあった運命の糸はそうたやすく物語の幕を閉じてしまわなかった。

一九四二年十月、たとえ日本軍が占領したといっても、由緒深い古都北平〔国民党時代の北京の呼称〕は、燃えたつ日差しを浴びて、秋の色に染まりつつあった。この日の午後、北海公園〔北京の故宮の北にある公園〕の門前で、人力車から降りた若い紳士一人がいた。濃いねずみ色の背広をすっきりと着こなし、紫色の縞模様のネクタイがさわやかな顔にぴったり似合い、人々の目をひいた。われ知らず――ほとんど本能的に――じっと見つめ、通り過ぎてからまた振り返って見る女が一人や二人ではなかった。組織の指令を受けて、敵の後方にいる朝鮮青年を味方に引き入れる目的のため、北平に潜入した李志剛の変装した姿がこのように目だつのは、彼がまだ、敵後工作、地下工作の要領を身につけていない明らかな証拠だった。昔から「衣服が翼」〔馬子にも衣装〕という諺もあり、また「服を着ている乞食はもらいが多いが、裸の乞食はもらいがない」という諺があるにはあるが、それらはみな一般的な場合に該当する事であって、こういう特殊な場合には当てはまらない。

李志剛がいささか格好をつけてちょうど人力車から降りた時だった。〈彼は、今、静かな公園に、約束した人に会うために来たところだった〉

やや後方に付いてきた人力車二台が横に並んで止まると、すぐに若い男女一組が降りたが、男は日本の将校服のようなものを着ていて、女は地味な洋装姿だった。李志剛はとりあわずに、まっすぐ公園の門に向かって歩きはじめたが、将校服らしき服を着た男といっしょに来た女が自分を見てビクッと驚き、一歩後ずさりするのを視線でとらえたというよりも、むしろ第六感で感じとった。

「なんだ、あの女は?……」

李志剛は、どうも災いのもとのように思えて女を振り向かなかった。知らん顔をして泰然としているほかは、他の良い方法がなかった。〈日本の将校の情婦? 何はともあれ、わたしにとっていいことはない〉。

李志剛は後も振り返らず、ゆっくりと歩いていった。すぐに逃げだしてしまいたい気持ちを無理に押さえて——ゆっくり歩いた。ほんの目の前に開いている大きな公園の門が、はるか遠くにあるように、まるで通り抜けるのがむずかしい針の穴のように小さく見えた。ハイヒールのコツコツという軽い音がたえまなく後をつけてくる。李志剛は方向を定めず、ゆきあたりばったり歩いた。約束の場所を避けひっそりした奥まった所ばかりを選んで歩いた。〈ところで将校の奴の足音は聞こえないようだけど、一体どういうことだろう？　女にだけ後をつけさせ、奴は援兵を呼びにいったのだろうか？　だとすると、あの女も並の人間ではないはずだ……〉

いろいろな不吉な思いがすべて頭に浮かんだ。〈あいつをどうやってまいてしまうか。多分ピストルを持ってるだろう〉

ついに、どうしようもなくて——前に泰山、後ろに嵩山（すうざん）、決断を下した。〈えい、どうにでもなれ！　どんな面（つら）しているのか一目見てやれ！〉何という木だか名も知らないある老木の下で突然くるりとふり向いた。後をつけてきた女が条件反射的にパタッと足を止め憑かれたように立ちすくみ、振り向いた男の顔を真っ直ぐ見すえた。次の瞬間、李志剛の口から思わず、

「あっ」

という声がもれた。——目の前に立っているのは間違いなく十カ月前、真っ暗な夜中に深県城門の目と鼻の先で自分が送り返した女捕虜——柳明子ではないか！

「先生！」

女が懐かしそうに叫んで走り寄ってきた。

「わたし見間違いしなかった。間違わなかったわ！　間違いじゃなかったんだわ！」

一瞬、李志剛は決めかねてためらった。〈知っていると認めるべきか、知らないときっぱり突き放すか？〉

〈喜んで受け入れるべきか？　無言で押し黙るか？〉

ところが頭の中を整理するより先に、口から先に言葉がもれた。

「やあ、明子（ミョンジャ）さん！――ところでいっしょの人は？」

いっしょの人――日本将校――これが一番問題なのだ。一番心配の種だったのだ。顔をあげすばやく周囲を見回したが、その日本将校は影も形も見えなかった。女がすぐに目くばせして、笑顔で安心させてくれた。

「うちの兄ですの。いとこの兄さんです。憲兵隊の通訳をしています。だけど悪い人じゃありません。わたしが保証します。絶対に悪い人ではありませんわ」

「それじゃなぜ？……」

「それなのにどうして姿が見えないのかって言うんでしょ？　喫茶店で待ってるように言いました。先生が気になさると思って」

李志剛は半信半疑ながら態度が少しやわらいだ。

「ここで、こうして会えるなんて……まったく思いがけなかったなあ」

「本当に、夢みたい。とても信じられないわ」

二人は紅葉しかけたエンジュの老木の下で向き合った。

「ここに立って、こうして話していても大丈夫だろうか」

男がきょろきょろ見回しながら警戒すると、女はニッコリ笑って、

「何も気になさることないわ。他の人たちには恋人同士のように見えるでしょうよ」

と、平然としているのだった。

「ウェノム〔日本人に対する抵抗の意をこめた蔑称〕たちも青春の男女が恋愛するのまでは干渉しないでしょうよ」

「そうだろうか？」

「そうですとも、ホホホ！」

李志剛は少し心をひらいて気になることをまず聞いてみた。

「ところで北平にはどうやって？……」

「北平にどうやって来たのかってことでしょう？　ええ、転勤になりました。もう四カ月

ほどになります、北平に来てから」

「いとこの兄さんをこんなに待たしてもかまわないのかな?」

「かまわないわ。ご心配なく」

「だったら良いんだが……」

「それよりも先生、今度はわたしを連れてってください。どうしても連れてってくださらなきゃ。ねえ先生?」

李志剛はすぐには真意をはかりかねて、女秘書の端整な顔をしばらくじっと見つめていた。軽やかな秋風に、女の額に垂れた黒髪がかすかに揺らいではなびき、揺らいではなびいていた。

「わたし、一部始終お話しますから、まあ聞いてください。率直にお話しますのでけしからん奴などと叱らないでくださいね」

李志剛は気持ちが落ち着かなかったが聞くことにした。もっとも、聞くこともないと、断わる情況でもなかった。

「わたし、平原地区にいる時、先生に父母に一度会ってからまた来ますと言ったのは真っ赤な嘘です。だいたい会わなければならない父母などわたしにはないんですもの。早くから両親を亡くし伯父のところで大きくなったんです。あの後ろの喫茶店でわたしを待っている兄さんがその伯父の次男です。そしてわたしには、以前から婚約した人がいました。ソウルの殖産銀行安国洞支店に勤めていたんです。だからわたしがまた戻るわけがないでしょ？　なんとか言い逃れようとした手段なんです。真っ赤な嘘だったんです。わたしは深県で自由の身となった後、石家荘総領事館を経て案外たやすく会社に復職できたのです。〝間組〟にですよ。そして昨年の春には一カ月の休暇をもらって帰国したんです。

ところが、まさに青天の霹靂、思わぬ災難がまた降りかかってこようとは誰が想像したでしょうか。結婚を言いかわしてすべてを託していた彼が、読書会事件とやらで警察に検挙され、残忍な拷問にあって半殺しにされ出てきて、わずか一週間足らずで、あたら二十六歳の若さで、ついにあの世に行ってしまったのです」

女の目に悲しみを超越した憤怒の色がみなぎるのをそばで見つめながら、李志剛は自分の危険な立場をいっとき忘れた。

「わたし、こういう不幸をもたらした敵に復讐するためにも先生たちの、あの抗日部隊――朝鮮義勇軍に加わらなければと決心しました。ところで、わたしのいとこの兄さんもわたしと同じ考えでいることがわかったんです。兄さんも以前から抗日部隊に身を投じようと決心していたんです。その辺の事情は本人に直接聞いてみてください。いいでしょう？　先生……」

こうして李志剛はついに柳明子きょうだいと席を一つにすることになった。三人づれが公園で秋の景色を楽しんでいるかのように装い、日当たりの良い芝生に足を投げだして坐り、小声で話し合った。朝鮮義勇軍の地下工作者と、日本憲兵隊の通訳官——これこそ劇的な初対面だった。場所がなにぶんにも敵占領下の北平であるから、いっそう劇的であった。緊張してひやひやしながらもロマンチックな出会いだった。

（五）

「わたしは日本憲兵隊の通訳官をしていながらも、これまで自責の念をおぼえたことはありませんでした。ただ他の人と同じ普通の職業だと思っていました。どこぞの会社の職員と何ら変わりないものと考えていました。そうしているうち、この初夏のことでした。たしか六月の初めだったと思います。

北平に潜入して諜報活動をしていた朝鮮義勇軍の地下工作員の一人が逮捕されました。名前は徐極強（ソクッカン）といいましたが、それが本名だか、仮名だかは最後までわかりませんでした。年は二十五、六歳で、すらっとした背丈に濃いあごひげが非常に印象的でした……」

柳明子のいとこ柳川通訳官、つまり柳明俊（リュミョンジュン）がここまで話した時、李志剛は思わず心の中で叫んだ。

「あ、子明（チャミョン）！」徐極強という仮名で世を渡っていたその人が徐子明であることはすぐにわかった。徐子明は李志剛の軍官学校の同期同級生だった。

「ご存知ですか。その方を……」

「いいえ。どうぞ続けて話してください」

「はい、ところが日本軍の軍法は――スパイはどんなささいなものでも一律に銃殺刑に処することになっています。それで結局はその方も銃殺されることになったのですが……」

柳明俊が再び話をつづけていると向こうの方で誰かが、

「オイ、柳川！　そこで何しているんだ？」

と声がかかり、三人が同時に顔を上げて見ると、体格のがっちりした日本憲兵の下士官一人が、和服姿の日本人売春婦一人を連れて通りすがりに足を止めて立っていた。

「あ、曹長殿！」

柳明俊が急いで立ち上がり、二、三歩かけだして行き、長靴のかかとを勢いよくぴたりと付けながら標準動作で挙手をした。

「散策にいらしたのでありますか？――あの、ソウルからわたしのいとこが久しぶりに訪ねてきて……今連れだって市内見物をさせているところであります」

「ウンそうか、それであの女は？」

「はい、あれはわたしのいとこの妹で……〝間組〟に勤務しております。――あ、明子(あきこ)、ここへきて曹長殿にごあいさつ申し上げなさい！」

首尾よく憲兵下士官を見送ったのち柳明俊は途中でとぎれていた話をまた続けた。

「その方が銃殺された場面を目撃したのは朝鮮人ではたった一人しかおりませんでした。それがこのわたしです。胸元をねらう十二の銃口の前で、その方は、黒布で目かくしをしようとするのを拒否したのでした。そして棒くいに結びつけられたまま、軽蔑の笑みを口元に浮かべ十二の銃口をひとわたり見渡したのです」

李志剛も柳明子も話に引きずりこまれ、息を殺して耳を傾けた。

「わたしはその時初めて——生まれて初めて——胸の底から自責の念がぐっとこみあげてくるのを感じました。ああ、わたしは人間ではない！……」

話している人の目がカッと赤くなっていくのを李志剛は見た。

〈目覚めた民族の良心！〉

「それでこの妹と二人で相談して……朝鮮義勇軍に入る道をひそかに探していたところです。たった一日でもいいから人間らしく生きようというわけです。——きょう、こうして偶然、幸運にも先生にお会いできたのも、もしかして天の意とするところかもしれません」

十一月初め、枝に鈴なりになった豆柿が熟れる頃、李志剛は、柳明子きょうだいと、そのほかの熱血青年二人を連れて——みんなで五人——日本軍の封鎖線を突破し、太行山抗日根拠地に入るのに成功した。

新入隊員歓迎会で柳明子の顔はニンジンのように真っ赤になった。周雲龍が彼女の口真似を天才的に上手にやってのけて、会場を爆笑の渦にまきこんだからだった。

「お話は良くわかりました。だけど今度だけは帰してください。父母に会って……事情を話して……また来ますわ。必ずまた来ます、ねえ先生」

『金学鉄短編小説選集』（一九八五年五月。遼寧人民出版社刊）より訳出。

仇と友

先日延辺大学の鄭判龍先生が、以前金学鉄の作品を翻訳出版したことがあるという日本の教授がいま延辺大に滞在していて、ぜひ金学鉄に会いたいと言っているから、一度会ってみたらどうか、と言ってきた。こうしてわたしは国境を隔て海を隔て、お互い文字の上では知っていた早稲田大学の教授大村益夫先生と初めて対面することになった。

五十歳を過ぎたばかりの大村先生は、大学教授というよりは映画俳優がよく似合う美男子で、朝鮮語がかなりできた。大村先生は朝鮮文学の研究者であるが、南北朝鮮に限定されずに、全朝鮮民族の文学を研究対象としているので、当然中国に住む朝鮮民族の文学にも大きな関心を持っていた。

そこで延辺をその研究対象として選んだのだが、外国人が中国の大学に研究生として入ろうとすれば多額の費用を支払わねばならない。この問題を大学当局と協議した結果、週八時間一年間日本語講座を担当して、研究員費用と相殺することで円満落着した。

大村先生は夫婦同伴で訪れたが、分かってみると夫人秋子女史は在日朝鮮人で、夫の研究事業になくてはならない助力者であった。

われわれは最初朝鮮語で話をした。それがだんだん朝鮮語・日本語が混ざり合い、最後には完全に日本語だけとなった。

明るく如才ない夫人が口をはさんで、座中の雰囲気を一層和やかにした。

「鄭判龍先生が何かちょっとやってみる気はないか、と聞くんですよ。ええ、結構です。掃除婦でもなんでもやります、と返事しました。そしたら鄭先生、いや、掃除じゃなくて、日本に留学する中国の先生たちに日本語会話をちょっと教えてやってくれないかというんです。どうしますか。やるほかないでしょう。先生のおっしゃる通りやってみましょう、と承知しました」

「それで、そのように決まったんですか」

「ええ。それでわたしたち、ひとしきり笑ったんですよ」

ひとしきり笑った理由を聞くと、秋子夫人は、

「亭主は学生を教え、女房は先生を教える――なんか順番が逆なんじゃないかなあって」

と、われわれはまたひとしきり笑った。笑い終わった大村先生はちょっと不思議そうな顔をして、

「ここでは〈事務室(サムシル)〉のことを〈辦公室(パンゴンシル)〉っていうんですね」

「そう。〈ざぶとん〉〈たんす〉という日本語をそのまま使う人もいますよ」

と言って笑うと、秋子夫人も笑いながら、

「食料品店の店員さんも〈トンジョリム〉を日本語のまま〈かんづめ〉といってますね」

と、言葉をそえた。

以前、わたしは日本の雑誌にのった大村先生の「日本の大学における朝鮮語教育の現状」という文章を、たいへん興味深く読んだことがあった。そのほか大村先生が翻訳した小説として、李箕永の「開闢」「民村」、朴泰遠の「春甫」、趙明熙の「洛東江」、金史良の「留置場で会った男」、兪鎮午の「金講師とT教授」「滄浪亭の記」、金東里の「巫女図」、金学鉄の「たばこスープ」等がある。

そして彼の『対訳朝鮮近代詩選』には、金素月・韓龍雲・李相和・林和・金ジハ・金舜石・閔丙均・金貴蓮・白仁俊・金朝奎・朴八陽・金尚午等、数多くの南北朝鮮詩人の代表作が収録されている。

あれこれ話した末に、わたしは大村夫婦が望む通り、わたしが知っている日本人について、次のような話をした。

一九四二年、わたしが石家荘日本総領事館警察署留置場に囚われていた時の話だ。ある日、背が低くひどくか弱そうにみえる中年の囚人が、一人入ってきた。当時監房では新しく入ってきた者を便器の横に座らせ、こき使うのが通例であった。犯罪者が寄せ集まっているところだから、非常に険悪な雰囲気だった。わたしは八路軍出身の政治犯であったから、一般の刑事犯——破廉恥犯たちの中で、自然にカシラとなって羽振りをきかせていた。俗な言葉で言えば、牢名主だった。

わたしは退屈しのぎに、その新しく入ってきた囚人を近くに呼んで聞いてみた。

「名前はなんという?」

「倉茂久雄といいます」

「年は?」

「四十二歳です」

「うーん、厄年だなあ。それでどこで何をしてたんだ?」

「もともと東京でタクシー会社の運転手をしていたけれど——去年からここの石炭会社に就職しました」

「そう。何の罪でここに入ったんだ?」

話してみて、倉茂は、石炭をかついでいく人間が伝票にある数量より多く入れるのを、目をつぶってやったということが罪になったということだった。

「見ると腰が悪いようだけど、——なぐられたの?」

「いや、違います。腰の悪いのは前からで、苦労してます」

彼の悪意なく善良そうに見える顔に好感がもてた。彼の弱弱しげに見える体つきが心配で、わたしは他の囚人たちに、こう指示した。

「この人の便所壺当番を免除するように」

便所壺当番とは、朝と夕方一日二回、便所壺を持ち出して中身を捨て、きれいに水で洗って持ち帰る役をいうが、一般的に新たに入った者が受け持つのが通例となっていた。わたしはゆかの雑巾がけも免除してやれと言った。ほかの囚人たちは、内心では不満であったろうが、わたしの気力に押されて、四の五の言わず、そのまま承知したのをわたしはよく知っていた。しかし、自分の身一つまともでない人間がこき使われるのを、わたしは目の前で見たくなかったのだ。

三、四か月ともに過ごす間、わたしは倉茂の保護者の役割をつとめた。わたしのせいで、倉茂は無知な人々のいじめを受けずに、無事にその日その日を送ることができた。自分はつまらない人間で、子どもは死に妻は家を出て行ってしまったという身の上話を聞き、わたしはよけい彼に同情した。

彼はわたしが中国士官学校〈軍官学校〉出身の将校で、思想犯〈政治犯〉であることを知り、わたしを尊敬した。日本の軍隊では、軍曹とか伍長といった下士官の命令も相当な権力をもっていたから、普通の平民である彼の頭の中では、およそ将校はみな尊敬しなければならないという階級観念がふかく頭に刻まれていたのかもしれない。朝鮮で小学校の教師をしているわたしの妹性子(ソンジャ)から手紙が来れば、わたしは彼にそのつど見せてやった。彼には手紙が来るところがなかった。彼はすなおで単純な男でそれら手紙を読んでは感動し、目頭を熱くして声を詰まらせて言うのだった。

「本当に立派な妹さんをお持ちです。本当に立派な――」

倉茂はわたしより十数歳年上だった。それでも彼とわたしは、強盗、窃盗、強姦、あへん商人の類いがひしめく監房のなかにあって、特に親しくなった。銃剣を握って日本侵略軍と必死に戦ったわたしは、鉄窓の中で予期しない日本の友人がこうしてできた。

三、四か月後、倉茂は無罪釈放されて留置場を出るとき、彼とわたしは看守が見ている前で、たがいに手を取り合って別れの挨拶をした。

「体に気を付けて――」

「お体をお大事に」

やっとひとことことずつ言いあっているうちに、倉茂のまぶたが赤くなっているのを見たわたしは、辛くなってサッと顔を横にそむけた。

夜寝るとき、わたしは秋風の中を広大な平原にわびしく一人寝ているようなうつろさを感じた。倉茂が無事に釈放されたことは、本当に幸いなことだった。しかし、わたしには生か死かまだ分からない厳しい前途が横たわっていた。

翌朝十時ころ、看守が来て監房のかぎをあけて、わたしの名を呼んだ。またろくでもない取り調べだろうと思って、犬のくぐり戸みたいな監房の戸を開けて出ると、看守がにっこりして、

「差し入れだ」

と耳打ちしてくれた。

「差し入れ？　誰が？」

わたしには最初から差し入れなんてあるはずもない。

「行ってみればわかる」

わたしは看守に押送されるまま司法係に行った。囚人に関する一般事務は司法係で扱っていた。

「さあ、ここに署名して」

司法係巡査の言う通り署名して書類を見ると、差入れ人は意外にも倉茂久雄であった。そしてわたしの前に置かれたのは、「京屋」という高級菓子屋の生菓子一箱であった。司法係巡査が、

「倉茂とは仲が良かったようだな」

と笑いながら署名簿を伏せた時、わたしは倉茂と別れた時の惜別の情がわっと突き上げてくるのを感じた。

〈永遠に、二度と会うこともないわたしの友、倉茂！〉

何か月かのち、わたしは日本に押送され長崎刑務所諫早本所で服役することとなった。そして何年かのち日本が降伏して初めて自由の身となり故国に帰った。わたしは十余年ぶ

りに母と妹と会って、心行くまで語らった。母と妹は泣いたけれど、わたしは泣かなかった。わたしはあの激しい戦場といまわしい獄苦のなかで、鉄石のような男になっていたのだ。妹性子が涙を拭いてから、聞いた。

「兄さん、倉茂久雄という日本人を知ってる？」

というので、わたしはあまりに意外で、胸がどきんとした。

「おれはそんな人、知らないぞ」

「その人、うちに来たのよ」

「なんで？　家に来たって？　倉茂が」

「ええ、そうよ。その人、石家荘警察署から出て日本に帰る途中、わざわざ汽車を降りてわたしを学校にたずねてきたのよ。名前も聞いことがない日本人がいきなり訪ねてきて――自分はあなたの兄さんと親しい仲で、兄さんには大変お世話になった、あなたの手紙もみんな読んだ――と言うのよ。わたしはきっと憲兵隊の手下とばかり思ったの。前にも兄さんの件で憲兵隊がサイドカーに乗ってきたことがあったでしょう。心の中でぶるぶる震えながら倉茂さんに〈兄さんは悪い人です。兄さんは悪い人です〉と兄さんを悪く言うほかなかったのです。すると倉茂さんは〈違います。兄さんはよい人です。立派な人です〉と懸命に兄さんを擁護してくれるじゃないですか」

「うーん、それでどうなった?」

「家にきてもらいましたよ。来てもらって、母さんと二人で、また兄さんが悪い、兄さんが悪いと繰り返し口にしたら、最後にはその人、腹を立てたんでしょう、兄さんは絶対によい人なのに、なぜそういうのか、と言うんです」

「ふーん、そんなことがあったのか——意外だなあ」

「ところでその人、腰がわるいのはなぜ? 痛くてしょっちゅう声をあげるのよ。警察でなぐられてそうなったんじゃないの?」

「そうじゃない。それは腰の病気だ。なぐられたんじゃない」

「そう。ちっとも知らなかったわ。兄さんもあんなに殴られているのかと思うと——」

〈倉茂がそんなにも情にあつい人間だったのか〉

翌日、倉茂が家を出るとき、母と性子が旅費ぐらい渡そうとすると、倉茂は必死になって断った。無理にポケットに押し込みはしたが、彼がいったいどういう人間か、その正体を知ることができず、この日この時まで母と娘は気がかりのままだったのだ。

わたしの話がいったん終わると、大村夫婦の顔には感動の色が浮かんだ。

「たいへんありがたかったんじゃないですか。監房でそうやって大事にされたのが――」

夫の言葉に妻もあいづちをうった。

「そりゃあ、ありがたく思うでしょう。からだが不自由な人が――。ほんとにいい話ですね」

わたしはまた話を続けた。

「わたしはその時、左大腿部に貫通銃創を負い、骨をやられていたため、三年たってもなおらない。なおるどころか、だんだん悪くなるばかり。ずっとウミを流しながら、がまんを続けたけれど、最後に仕方なく監獄病院の院長に要請しました」

「何と言って?」

大村先生は身を乗り出してたずねた。

「切断手術をしてくれって」

「そんな!」

「じゃ、どうしますか。そのままじゃ死んじゃいますよ」

「それで、どうなりました？」

　秋子夫人がひざを乗り出した。

「この院長の言うせりふを聞いてみてくださいよ。これが医者たるものの言うことかね。〈おまえは非国民、皇国の敵だから、わたしが自分の意志で手術をしてやるわけにいかない。だから司法大臣の特別許可を取ってこい〉」

　大村夫婦の顔に名づけようのない憤怒の情が走った。

「東京がアメリカ軍の爆撃で火の海となっているときに、司法大臣の特別許可なんて取れますか？　それからまた三、四か月がたちました。あの三、四か月はまたとない苦しい時期でした。ところが、わたしは運がよいのか、天が見捨てなかったのか、――その犬にも劣る院長が辞めて、新しい院長が来たんです。新しい院長の名は永遠に忘れません。――広田四熊（ひろたよつくま）」

「広田四熊って、どう書くのですか」

　大村先生がこう聞くので、万年筆をとって、わたしはこう書いた。

「広い田んぼ、四匹の熊」

　漢字を書いて、また話を続けたが、その内容を簡単に記せば次のようになる。

わたしは政治犯だったので、「厳正独居」ということで独房に収容され、他の囚人たちとの接触が厳格に禁じられた。一週間に二度の風呂も一人で入らなければならず、〈夏には三日に一度、冬には四日に一度〉、病院に入院しても、二人部屋に一人で入れられた。診察室で診察を受けるときも、他の刑事犯たちのように、長椅子に座れずに、一人壁に向かって立っていなければならなかった。わたしを押送するのは一般看守ではなく看守部長だった。他の囚人たちは一度に七、八名ずつ、あるいは十余名ずつ率いて移動したが、わたしはいつも看守部長と一対一だった。

これはわたしだけでなく、およそ政治犯はそうした「恐れ多い特別待遇」を受けねばならなかった。政治犯以外にも凶悪犯、すなわちいつでも看守を襲撃する恐れがある囚人は、みなこうした待遇を受けねばならなかった。

新しく赴任して来た院長は五十歳ぐらいで、か弱そうに見え、フチなし眼鏡をしていた。彼は看守部長に、壁に向かって一人立っているわたしを指さし、

「ここにつれてきなさい」

と、当たり前のように言った。看守部長が当惑ぎみに、

「あの、こいつは厳正独居です、院長」

と答えると、院長は、

「うん、そうか」

と、眼鏡越しにわたしを一目見て、刑事犯を押送してきた看守に手まねで指示した。

「一人ずつ順番に」

一番最後になって、わたしは初めて新院長の前に出た。

「どこが悪い？」

わたしは服の上から怪我をしている足を示した。

「銃創です。――すでに三年目になります」

「銃創？」

新院長はわたしを凶悪な殺人強盗と取り違えていたらしい。そうした気配が顔にはっきり表れていた。彼は銃創と聞いて、わたしの胸についている番号「１４５４」を一目見ると、カルテを引っ張り出して熱心に見ていた。次の瞬間彼の顔には驚きの表情がよぎった。罪名欄に書かれていたのは思いがけない「治安維持法違反」――政治犯であったからである。わたしは機会を逃すまいとすばやく口を開いた。

「医術は仁術だと言います。わたしの足の銃創はまともな治療を受けられないまま三年目に入り、こうやって腐っていくのを十分知りながら前の院長は司法大臣の特別許可をもらってこいと、全然可能性のない難題をもちだして、わたしの正当な要求を拒絶しました。切断手術をしてくれという差し迫った要求すら拒否されました。科学的良心が少しでもある医師ならば、どうして患者の政治的信念が自分と異なるからといって、医者として当然せねばならないことをしないのか。どうして患者を死ねとばかり、そのまま放置するのか」

わたしの熱い叫びに耳を傾けていた新院長——広田四熊先生は、わたしの言葉が終わるのを待って、淡々とした口調で言うのだった。

「話の主旨はよくわかったから、きょうはこのまま帰るように。よく考えてから対処しよう」

五日後にこの先生によって、設備の整っていない監獄病院で、大腿部切断手術を受けた。担当医師は言うまでもなく広田先生で、その助手役をしたのが若い准医師と、囚人看護員二名であった。

わたしは母と妹を安心させようと手術を受けた経過をすぐに家に知らせた。囚人たちは一か月に一通、封緘ハガキで手紙を書くことが許された。

ところで不幸なことには、手術を受けてから三週間もたたず、持病の腹膜炎が再発して広田先生はこの世を去ってしまった。広田先生は病床でわたしの妹から感謝の手紙を受けとり、先生の娘さんに返事を書かせたのだった。

「だから、わたしはどうしても広田四熊先生を忘れられません」

「そうでしょう。ほんとに美しい話ですね」

「だけど話はまだ終わってないのです。わたしの手術を手伝ってくれた囚人看護員の一人とわたしが結んだ友情について語らねばなりません」

ちょっと一息ついて、わたしはまたゆっくりと話を続けた。

二十五歳になる囚人看護員は名を杉浦俊介と言い、監獄にはいるまでは海軍少尉だった。直属上官である中尉が、やることなすことケチをつけて迫害したので、ついに耐え切れず、腹を立てて腰に差していた短剣を抜いて刺したという。いわば上官を刺して傷を負わせたのだ。その罪で彼は軍法会議、すなわち軍事裁判で懲役七年を言い渡され、長崎刑務所諫早本所にきて服役中だった〔長崎市内にある刑務所の支所は、その後原子爆弾を受けて完全に破壊された〕。杉浦は帝国軍人の自尊心をもっていたので、他の刑事犯、つまり破廉恥犯たちと対等に取り扱われるのを恥ずかしいと考えていた。まして、彼は将校出身だ。そうした時、わたしと出会ったのだから急速に親しくなった。

杉浦とわたしはすぐに近しい友となった。俺、お前の間柄となった。彼の妹も、性子と同じく国民学校の先生だったので、われわれは家から来た手紙をお互いに見せあった。獄中の囚人にとって、家から来た手紙ほど貴重なものはない。杉浦は病院の中ではある程度行動の自由がある看護員であり、わたしは「厳正独居」だったから、他の囚人の目をはばかることなく、互いに接触するのに便利な点が多かった。

日本の監獄病院では患者の情況により一日に牛乳コップ一杯か、豆乳一杯を供給することになっていた。ところで直接その仕事をまかされているのは杉浦だったから、わたしは牛乳も飲んだし、豆乳ももらって飲んだ。

〈そんな豆乳一杯くらいで――〉

と思う人もいるかもしれないが、それは事情をよく知らないからだ。食べ物が極度に欠乏した囚人たちにとって、規定以上の豆乳一杯は、高麗人参や鹿茸(ろくじょう)にも値する貴重なものだ。

杉浦がある日相談に来た。

「おれに英語を教えてくれないか?」

「おやすい御用だ」

「これからは英語が必要だろう?」

「必要だとも——言うまでもない」

「じゃあ、一つ頼むよ」

「オーケー」

この時すでに大日本帝国の海軍少尉も、敗戦の匂いをかすかながら、かぎつけていたのだった。連合軍が上陸すれば、英語が必要になろうと、感じ取ったのである。こうして八路軍の一幹部が帝国海軍の一将校に監獄内で英語を教えるという奇妙な局面ができあがった。

杉浦が看守に気づかれずに、ふろをわかす蒸気でサツマイモをむして、蒸し器ごとわたしに持ってきてくれた。言うまでもなくそれらはみな、くすねたものだ。そのサツマイモの味は四十年がたったいまも、忘れることはできない。それはこの世でいちばんうまい山海珍味だった。

ある日わたしは出たとこ勝負で杉浦に頼み事をしてみた。

「おい、杉浦。おまえどこかで、どんな本でもいいから手に入れられないかな。本が読めなくて死にそうだ」

「ばかみたいに。早くから言えよ――。待っていろ」

彼は走っていき、しばらくのちに、ほこりが積もったガラクタ本をひとかかえ持って走ってきた。

「やあ、ありがとう！　これで生きた心地がする」

「倉庫に山と積んである。読み終わったらまたとってくるよ」

行動の自由を完全に拘束された鉄窓の中で、精神の食料を一度に供給してくれる杉浦を、わたしがどうしてありがたいと思わないでいられよう！

ある日、杉浦が食器口からわたしをのぞきこみ、ひそひそ話で問うのだった。

「おまえがみたところ――日本は負けそうか？」

「必ず負ける。時間の問題だ」

わたしが確信をもって断言すると、杉浦はあぜんとしてしばらく口をきけなかったが、恐ろしいことをたずねるようにわたしに聞いた。

「必ず負ける？　日本が負けたら――おれたちはどうなる？」

「どうなることもない。もっといい暮らしができるさ」

「ほんとうか？」

「見ててみろ」

わたしが杉浦に断言したのち、三か月たって日本は無条件降伏した。ヒロヒト天皇のあの分かりづらい半ばオシのような調子で放送された日の午後から、監獄内では防空壕を掘る作業が中止された。おろかな連中がその時刻まで、なんの利益があると思って懸命に防空壕を掘っていたのか。

わたしが話をしている間に、大村先生は、

「日本が必ず負けるという信念を持っていたということですね」

と、驚嘆の目でわたしを見た。わたしは答えた。

「ええ、日本必敗の確固たる信念は終始一貫動揺したことがありません」

答えた後でにっこりと笑い、わたしは言葉を続けた。

「ヒットラーが負けた後、わたしは妹に手紙を出しました。遠からず家に帰って母の面倒をみるから、もう少しの辛抱だからがまんしてくれ、と。妹が嫁に行ったら年老いた母の面倒を誰が見るのか心配になってです。ところが意外にもその手紙がとんでもない逆効果を引き起こしてしまいました。

もちろんこれもあとで戦争が終わった後に、わたしが帰国して知ったことですけれど、妹は学校でその手紙を受け取り、涙を流しながら家に帰ってきたそうです。そして母と抱き合って大声で泣きました。兄さんが監獄で苦痛に耐えられなくて、精神異常をきたした。絶対に出ることができない兄さんが、遠からず帰るとか、もう少ししんぼうしてくれとか、これはてっきり精神異常になったのじゃないかと思ったのです。妹は大日本帝国を天のように絶対的なものと信じる「皇国臣民」だったのですね。政治的な目は少しもなかったのです」

大村先生夫婦はこの段落で笑みを浮かべた。

わたしの話はまたもとに戻った。海軍少尉杉浦とわたしが監獄病院でともに苦労をした話をしよう。

「ああ、もうすぐおれたち、本当に出られるんだなあ！」

「家でもうれしがるだろう」

「くそ！　おれはこんりんざい軍服を着ないぞ。軍服はうんざりだ」

「軍服は着なくても——商船の船員にはなれるじゃないか」

杉浦とわたしは興奮して、こんな言葉を交わした。われわれの心はすでに監獄の高い塀を自由に飛び越えていた。

そんなある日、杉浦が来てわたしを見てにやにや笑って言った。

「おい、お前の足、埋めておいたのを、犬の群れが来てくわえていこうとして、ケンカしてるぞ。俺が殴って追っ払たけど——埋めるとき、浅すぎたんじゃないかな。おまえの足だ。——、一度見るか」

わたしはすぐに、

「よし、見よう」と、彼をせきたてた。

「早く行って持ってこい。見てやろうじゃないか。犬にとられないうちにな！」

杉浦は海軍少尉式動作で素早く行動し、わずか数分後に白骨化した足をわら縄の切れ端にまいて意気揚々と帰ってきた。まるで宝物でも発掘したようだった。骨は白くなく黒ずんでいた。浅く埋めたので、雨水がしみ込んで腐ったようだった。けれど、ひざの関節とくるぶしと足指はそのまま残っていた。わたしは自分の骸骨の一部を目の前に見るのが何とも不思議で笑い、杉浦はわたしに珍しいものを見せてやったと満足して笑い、——民族を異にする二人の若者は、しばし、獄中にいることも忘れて壮快に笑った。

わたしの話がこの段落に入ると、大村夫婦の顔には、凄惨な色が走った。

「そんなむごいことを——」

大村先生は言葉尻を曇らせた。わたしは、

「みんな青春時代だったから」

と、げらげら笑い、また話の本筋に戻った。

十月九日、日本全国の政治犯がいっせいに釈放された。徳田球一、志賀義男、宮本顕治らも、みな同じ日に釈放された。連合軍司令部の命令が下ったのだ。長崎刑務所の二千名近くの収容者のうち、政治犯は四名しかいなかった。その四人のうち日本人は一人で、三名は朝鮮人だった。朝鮮人三名中、共産党員はわたし一人で、あとの二人は民族主義者金九先生の部下だった〈そのうちの一人宋志英は後に韓国放送公社、ＫＢＳの理事長になった〉。

出獄した時、新聞記者が来て、取材をしたが、翌日十月十日の「長崎新聞」には朝鮮独立の闘士だれそれが、どうのこうのという記事が載った。きのうまで「非国民」といって、死ぬべき奴だと言っていたのが、一晩で「朝鮮独立の闘士」に変わったのを見て、わたしたちは苦笑した。そして日本の新聞記者たちの掌を返すような変わり身に「驚嘆」した。

わたしは極度の栄養不足と結核菌の感染によって手術した跡が何カ月たっても治癒しないので、出獄するとき監獄病院で仮処置するアルコール一瓶と脱脂綿一袋をもらって出た。杉浦は看守部長が見ている前で、アルコール瓶と脱脂綿の袋をわたしの左右のポケットに一つずつ入れてくれた〈わたしは松葉杖をついているので、手に何も持てない〉。そして涙ぐみながら別れの挨拶をした。

「体に気を付けて――元気でな」

彼の気落ちした顔をみると〈彼もわたしといっしょに釈放されるものと思っていたのだ〉、わたしはあまりに切なくて彼とともに獄中に残ろうかと考えたりもした。わたしは人に共感すると、自分を忘れるのだった。

「お前もすぐに釈放されるから——安心して——がんばれ！」

これが杉浦への最後の言葉だった。あれから四十年、獄苦を共にした杉浦俊介がどうなったのか、その後の消息を杳として知らない。

監獄の鉄門を出る前に、貯蔵庫に保管されていたカビの匂いがするふろしきを開けてみると、古着の中に古い履物が入っていた。わたしは必要がなくなった片方をコンクリートのゆかに投げつけ、残り片方を足につっかけ外に出た。

大村夫婦はわたしの話が終わると、緊張感が溶けたのか、軽く息をついた。彼らは日本にはわたしが憎む仇もおり、またわたしが愛する友もいるということを充分分かったであろう。

わたしがきょうはこれでと挨拶して立ち上がると、大村先生は宿舎の玄関に行き、すばやくわたしが靴を履きやすいようにと、そろえようとしてくれた。だが、靴が片方だけで、もう片方が見つからず、どうしていいか困っていた。わたしが笑いながら、

「もともと片方だけですよ」

と言うと、大村先生は初めて気が付いて、

「ああ、そうだった！」

と、夫婦ともども、さわやかに笑うのだった。

『松花江』１９８５、５期

太行山麓

（一）

尹地平〔尹治平を思わせる人物。尹治平は吉林省出身、黄埔軍官学校出身で朝鮮義勇軍の指導者〕が率いる朝鮮義勇軍の独立支隊は、このとき石鼓山〔河北省の南西の山〕一帯で目覚ましい活躍をしていた。邯鄲、成安〔かんたん、せいあん。河北省南西部にある都市〕で朝鮮青年三名を味方につけることに成功し、勢いづいて、今度は武安に巣食っている敵の憲兵分遣所に、けりをつける計画をたてた。その行動隊の中心に老練な楊大峰〔本名は郭震。陸軍士官学校第六期生〕と馬春植〔吉林出身〕がいた。

そまつなテーブルの周囲に、軍服姿の三人と、顔色がさえない農民姿の一人が座り、何かひそひそ話している。軍服の三人は尹地平、楊大峰、馬春植で、農民服は李明善〔全羅北道全州出身〕だ。

「このトンムたちにも分かるように、調べてきた情況を話してくれ」

との尹地平のことばに、

「はい」

と答えて、李明善は当地の農民風に頭にかぶった垢まみれの手拭いをとり、顔をぬぐってから、にせの良民証をさげて成安に入り数日かけて探索してきた情況を報告した。

「憲兵分遣所を襲うのはおよそ不可能なことです。向かい合い——道路をへだてて歩兵中隊の兵舎があります。歩哨が二十四時間たえず立ち尽くしている鼻の先では、手出しのしようもありません。だから、ほかの方法を考えなくてはなりません。奴らの分遣所は、憲兵伍長一人、通訳一人、書記一人、この三人で構成されてますが、通訳は朝鮮人で、書記は中国人で——」

話の途中で楊大峰が、

「裏口はないのか？　その分遣所は」

と地形地物をたずねると、李明善は首を横にふり、

「裏口？　ない」

と、とぎれた話を続けた。

「ところで武安城外〔中国は伝統的に人が住む地域を城壁で囲んで市街地を作り、畑、市場などは城外に作る〕で何日かおきに市場が立つんですが、その市場に三人が見回る時があります。毎回現れるというわけではないけれど。見回るときは三人とも変装してくるんです。だから、やっつけるとしたら、市場の立つ日、真っ昼間、大通りで、やるほかないと思います」

「真っ昼間だって？　いいじゃないか」

と、馬春植が肩をいからせた。

「だったら生け捕りにすることも、できそうだな」

と、楊大峰がまず李明善を見やり、また尹地平を顧みた。

「いや、ちょっと待ってくれ。この問題をまず友軍部隊の大隊長と話してみて、その後でまた討議することにしよう」

尹地平はこう言って、

「どうかな?」

と、楊大峰と馬春植の意向を聞いた。二人がうなずくのを見て、尹地平はふたたび李明善に向かって、

「ご苦労さん。戻ってゆっくり休んでくれ」

と、いたわりのことばをかけた。

次の次の日が市場が立つ日だった。私服姿の日本憲兵伍長坂井が、同じく私服姿の朝鮮人柳東浩〔実名。解放後は延辺開山屯で活動〕と、中国人書記王をつれて市場巡りにやってきた。坂井と柳東浩は外から見えないようにひそかに腰に拳銃をつけていた。もともと気弱な王は、主人のおともをして、市場を一回りして何か気配を察したのか、ひどく不安になり早く城内に帰ろうとするそぶりを見せたが、武士道精神で鍛えられた坂井と豪傑風の柳東浩は顔を見合わせ、

「あの臆病者が」

「ほんと、できそこないですね」

と、二人であざけりながらゲラゲラ笑った。三等国民である王は、一等国民である伍長

と、二等国民である通訳が、うしろで自分を笑いものにしようがしまいが、ひとり先に懸命に歩いていった。その気ぜわしくせくさまは、何かに追われているかのように見えた。

「支那人はしょうがないな」

「ほんとに」

柳東浩は相槌を打ち、二人はいつものようにゆっくりと歩いた。できそこないの王に見せようと、わざとゆっくり歩いた。真っ昼間の大通りではあるが、市場は終わるにはまだ間があるせいか、通行人はほとんど見かけなかった。伍長と通訳は散歩気分でしばらく歩いていると　突然背中に何かかたいものが押し付けられた。

「動くな！」〔日本語〕

ぞっとする声が耳もとをおそった。二人がびっくりしてとっさに振り返ると、夜叉のように険悪な、頭に手ぬぐいをかぶった二人組が、背中にぴたりと張り付いて目をいからせていた。背中に押し付けられたものは拳銃にちがいなかった。武士道精神にきたえられた坂井が瞬間、

「うわっ！」

と叫んで、股間をけられた坊主よろしく、あわてて逃げ出した。すると夜叉の兄貴分

が、すかさず拳銃を一発発射し、坂井伍長は両腕を広げ前のめりに倒れ、こと切れた。前を行っていた王は、三十六計逃げるにしかずとばかり、すばやく走りだした。柳東浩は魂が抜けてしまったのか、夜叉の弟分がとびかかってきて腰につけていた拳銃を抜き取っても、他人事のようにぼうっと立ちつくしていた。

「歩け！」

驚いたことに二人の夜叉は確かな朝鮮語で命令した。柳東浩の頭の中に、数日前坂井が言っていたことがチラッと思い浮かんだ。

「不逞鮮人たちが近ごろ八路軍とぐるになり、ばか騒ぎしてるから、俺たちも気を付けないと」〈しまった！　悪党どもに引っかかった。俺ももう終わりだ！〉

柳東浩は突然足がもつれてよろよろした。

二人の夜叉が今にも死にそうな柳東浩を前に立たせ、坂井がうっぷせて倒れているところまで来ると、兄貴分の夜叉が死体の腰から拳銃を探り出し、また手首から時計をはずすことを忘れなかった。なれた手つきで、いつもやっているようだった。柳東浩は坂井の頭から流れ出て道端にあふれている鮮血を目にして身の毛がよだった。何とか気をとりもどし、あたりを見回すと、夜叉が最初の二人から、いつの間にか四人に増えていた。

この夜、尹地平はローソクのかすかな明かりのもとで、一人を射殺しもう一人を生け捕りにした楊大峰と馬春植の手柄と他の二人の隊員と、李明善の功績を指揮部に報告しようと、けんめいにペンを走らせていた。

（二）

しかし、――世のなか万事がそうであるように――成功の喜びもあれば、失敗の悲しみもあるものだ。昼ひなか武安城外の大通りで生け捕りにした憲兵隊通訳柳東浩を太行山中〔太行山は河北省南西部と山西省南東部のあいだを南北に走る山脈〕の司令部に押送する一行が桐峪に着く前に一つの悲報が後を追ってきた。邯鄲城内にアジトをかまえビラ工作をする一方、朝鮮青年を抱き込む仕事をしていた宋恩山が犠牲になったのだ。

邯鄲城内に朝鮮人開業医が経営する「平安医院」という病院があった。その病院で薬剤師として働く呉という朝鮮青年がいた。その青年にあずけておいたビラの束を受け取ってアジトに帰る途中、宋恩山はその日道端で偶然皇協軍〔皇軍協力軍〕巡察隊の検問に出くわした。彼はそれまで事がうまく運んでいたので、いつのまにか警戒心がゆるんでいたのだった。ボディチェックを受ける羽目になった宋は、いちかばちか危険をおかし逃げざるを得なくなった。

（体をまさぐられたら、ビラや拳銃が出てくるじゃないか！）

彼はすばやく拳銃を取り出し、服に手をかけようとしている奴の腹に一発食らわせた。

そいつは

「あっ！」と、声をあげ、両手で腹を押さえ、両膝をかかえて倒れ込んだ。宋恩山はすばやく身をひるがえし、逃げ出した。後ろで、

「そいつを捕まえろ！」

叫び声と呼び子を吹く音、続いて銃声が起きた。夢中で逃げると、突然前方に戦闘帽をかぶり銃を持った日本兵たちが現れた。宋恩山は彼らを避けて路地に逃げた。しかしいくらも行かないうちに、路地いっぱいに押し寄せる一群の敵兵とぶち当たった。窮地におちいった宋恩山はある路地裏沿いの家で屋根の修理をしようと壁にはしごを立てかけてあるのを見ると、急いでそのはしごを上っていった。屋根の上にいた瓦職人とその助手は、拳

銃を手にしたのがはしごを上ってくるのを見て、びっくり仰天、ひざまずいてぶるぶる震えた。

宋恩山は手を振って「不要怕！〔こわがることはない〕」と、安心させ、屋根から屋根へと飛び移った。しばらく飛んだが屋根が尽きた。下を見ると、大通りといい路地裏といい、日本軍・皇協軍・警察・見物人であふれていて、口々にそいつをつかまえろと叫んでいた。もはや身をすくめるところとてなかった。屋根の上にばさっと横倒しになり邯鄲の街を見下ろして、宋恩山は自分の運命ももうこれまでと思い知った。〈えい、こうなったからには革命戦士らしい最後をとげよう！〉決心すると、目の前に故郷の母の慈愛に満ちた顔がクローズアップされてあらわれた。

彼はいまだ未婚の独り者であった。江原道の出身で彼の歌う江原道民謡は絶品だった。楽天家で、革命的浪漫主義者だった。相棒の李明善に二度も三度も自分の単純な失恋談——ある娘に声をかけ鼻であしらわれた話をしては、そのたびに「あの娘っこ」と、苦笑するのだった。

宋恩山は身に付けていたビラの束を取り出し、すばやく紐をほどき、道端で首をあげてざわめいている人々に向かって投げた。ビラがパッと広がり四方八方に散らばるのを見て、宋恩山は手にしている拳銃を血管がぴくぴくしている自分のこめかみにあてた。続く一発の銃声がすべてのものを奪い去った。

敵は邯鄲の市外に〈赤匪〉と書かれた立札を立てて、宋恩山の遺体を三日間さらしものにした。

(三)

邢台城内の日本憲兵分遣所と日本軍旅団司令部からそう遠くない街に、高山という創氏名(本名は高)を名のる兄弟が住んでいた。彼らは朝日理髪店という看板をかかげ経営はほどほどにうまくいっていた。顧客は主に朝鮮居留民、日本官憲、日本居留民であるが、どの地の理髪店も同じく、この理髪店も手持ちぶさたの人々がよりあい、暇つぶしする談合の場になっていた。

その当時邢台に司令部を設置した日本軍旅団の旅団長は朝鮮人洪思益(日本軍陸軍中将に

なる。一九四四年からフィリピンで捕虜収容所長。戦後捕虜虐待の罪で絞首刑〕だったので、邢台に暮らす朝鮮人たちはむやみに鼻が高かった。確かに邢台の日本官憲とか日本居留民団とかも、他の地方のように朝鮮人を半島人といってむやみに見下さなかった。洪思益閣下の間接的なおかげに違いなかった。

朝日という看板が日本人と親日派に親しみを与えたせいか、またたくまに部隊と憲兵隊の朝鮮人通訳たちが、日本人とともに、なじみ客となった。彼らの口を通じて高山兄弟は、憲兵分遣所と旅団司令部の内幕を、微にいり細にいるように知るところとなった。

旅団司令部に創氏名はやし（林）、本名リム（林）という二十四歳になる朝鮮人がいたが、みなとおなじ新義州出身だということで、特に理髪店兄弟と親しくしていた。

仕事がないある日の夕方、理髪店に遊びに来た林は、理髪店の客がいなくなったのを見てあれこれ話しこんだのちに笑いながら言った。

「おれ、このあいだ将軍塚に討伐に行ったんだが——珍しいものを手にいれたんだ」

高山の兄が、

「珍しいものって何だ？」

と、興味をもってたずねると、林は窓ガラスから見えるほの白い通りをちらと見てから、長靴に手をつっこみ折りたたんだ紙切れを一枚取り出した。

「これ」

「それ何だ?」

じゅうのうで暖炉の火をかき回していた弟の高山も、じゅうのうを手にしたまま近寄ってのぞきこんだ。

「何だ、それはビラじゃないか」

と兄の高山が驚くと、林は自慢げに兄弟をかわるがわる見渡した。

「いったい、何のビラだ?」

「太行山に——」

林は声を落とし、

「おれたちの民の人間がいるってのは本当なんだ」

と、こっそり言った。

「おれたちの民だって?」

「朝鮮人——朝鮮義勇軍という抗日部隊がいるってことさ」

高山兄弟がそろって驚き、

「それって、どういうことだ？」

と言い、それ以上言葉が続かなかった。林は、

「シイッ、奴らに分かったら、おれの首もたぶん――」

と、ビラを見ろと、兄の高山に寄こした。

ビラの最初に太極旗が一対交差して描かれて、そこに鮮やかにハングルで『朝鮮同胞に告ぐ』と記されており、末尾には朝鮮義勇軍の五文字がはっきりと記されているではないか！　高山兄弟はただ黙って見つめ合っているばかりだったが、林は高山兄の手からビラをむしり取り、折り目通りに折って、再び長靴のなかに押し込んだ。そしてため息まじりに、

「わが民族は死んではいなかった。死なずにいまだ生きているんだ。ビラに書かれた太極旗を見た瞬間、おれは自分の国をまた探しあてたようだった。胸にジーンときたよ。――なのにおれはこんなところで――」

林は握りこぶしで自分の胸をドンとたたき、

「日本の奴らの通訳をしているなんて！」

と痛恨の思いを口にするのだった。人間とは鬱屈した感情を、分かってくれる人にすべ

てを吐き出してこそ心が晴れるものだ。

帰りぎわに林通訳は、

「言わなくても分かっているとは思うけれど、こうしたことは二人だけの胸中にとどめておいてくれよ。一度でも口外してしまうと大変なことになるから」

と念をおした。通訳が帰った後、高山兄弟はしばらく黙って互いを見つめ立ち尽くしていた。

「あれはおれたちの胸の内を探ろうと、あんなことを言ってるんじゃないだろうな」

「まさか――」

「じゃ、どうする?」

「どうしようか?」

「一度試験的に包摂を試みてはどうだろう?」

「やってみよう。人間は信じられるようだ。通訳だからって骨の髄まで民族反逆者ということはあるまい」

「さっきのあの痛恨ぶりは――うそじゃない」

「本物だよ――おれの見るところ本物だ。苦悩のなかでさまよっているさまが、はっきりと分かった」

人の面前では兄貴よ弟よと言っていた二人の言葉遣いが、いつしかお前・おれに変わっていた。

「それじゃ、一度やってみるか」

「いいだろう」

朝日理髪店が朝鮮義勇軍のアジトであることを知っている人は、邢台城内でも何人もいなかった。その何人かも兄の高山の本名が于自強で、弟の高山の本名が林相秀〔于自強、林相秀ともに黄埔軍官学校十三期出身。朝鮮人〕であることを知る由もなかった。二人はもともと理髪師だったので、こうした変装が可能だったのであり、こうした着想を得ることができたのである。彼らは朝日理髪店を立ち上げ、裏で愛国的な朝鮮青年を包摂し、ビラ工作もし、情報収集もしていた。

この時期、中国の古い銅銭を買い集めて、日本の軍需産業に納める風潮があり、金もうけに目がくらんだ連中が近隣の市場や村々を歩き回っていたが、その中の一人が、邢台城内の朝日理髪店と西黄村〔邢台の西北の村〕付近に駐留する尹地平支隊との間を結ぶ線であることを、城門を守る日本兵は知らなかった。自転車の荷台に銅銭が入った麻袋をのせ、邢台城門を自由に出入りする半島人白川（本名は白）は、于自強と林相秀が朝日理髪店を開業し、包摂に成功した最初の例だった。

（四）

漢口を後にした北平（北京の当時の呼称）行き列車が、こうこうと明かりのついたある駅構内に入って、ゆっくりと停車した。

「ここはどこかしら？」

「邢台だ」

「邢台？　邢台ってうちの民の人が多く住んでいる所でしょう？」

「そうよ」

「すると石門（石家荘を日本時代に石門と呼んだ）は真夜中に過ぎるわね」

「十一時何分かだったよ、たぶん」

こんな会話を交わしているのは、商人風の中年男性と黒のオーバーコートを着ている彼の妻だった。

乗り降りする人々の足音がざわざわとせわしない中で、日本人列車長があたふたと入って来て、出入り口の横に座っている客を他の席に移動させた後、あいた席に軍刀を下げ拳銃を装着して黄土色の牛革の長靴をはいた日本憲兵三人がどかどかと入ってきて、手錠をかけた二人の青年を中間に立たせた。頭がぼさぼさな二人の青年を窓際に一人ずつ座らせ、その横に憲兵二人がそれぞれについて座った。引率者とみられる下士官は、通路の向かいの広い席にゆったりと座った。商人風の中年男性とその妻は、ものものしい雰囲気に押されて息つくこともできなかった。彼ら夫婦の座席は青年の座席とは斜め前になるが、二人の青年と目があったりするときには、その妻——三十歳前後のその女性は、言葉にできないほどの共感と崇敬の念で、胸の奥がしめつけられるようだった。

〈なんとりりしい姿だこと〉

〈なんと思慮深い顔をした人たちだろう〉

(ほんとうに泰然とした態度でいるわ)

「ねえあなた、うちの民の人にまちがいないわよね。そうでしょう?」

妻が夫の耳もとでささやくと、夫は、

「うん」

と言って、うなずいた。そして用心深く周囲を一度見回した。

「うちの大峰と同じ年ごろだけど――独立軍みたいだわ」

夫は驚いてもう一度前後を見回した。そして、

「よけいなことを言うもんじゃない」

と妻をいさめた。妻はしばらく口をつぐんでいたが、ため息をフーッとつくと、独り言のようにつぶやくのだった。

「あの弟が家を出てから、もう十年になろうというのに――どこでどう暮らしているのか――なぜ手紙一つくれないの。薄情じゃないの」

「楊大峰の消息が分かったら、すぐに駐在所に知らせろと巡査部長が家に来て言ってたのを忘れたのか。あいつのことは口のはしにものせるな」

夫は野良犬をしかりつけるように言った。

列車は休みなく走り続け、やがて官荘（邢台から石家荘に向かい鉄路で北上すると沿線西側にある）にさしかかるころであった。機関車が突然、汽笛をならしながら、前進するでもな

く後退するでもなく、ほぼ止まった状態でもがいていた。客車の中の人々は訳が分からず何事かと思ってざわめいていると、突然客車の出入り口をガッと押し開け、銃を持った人たちが飛び込んできた。

先頭の拳銃をもった浅黒い顔の八路軍と通路の向かい側にいた憲兵下士官が、瞬間同時に撃ちあった。下士官は腹を抱え前のめりに倒れ、八路軍の左の手首からは鮮血がツーと流れた。黒色コートを着た女性は、浅黒い顔の八路軍を見ると驚いて立ちあがり、声をあげまいと、ハンカチを握った手で口をふさいだ。

銅銭を収集する白川が麻袋を荷台に乗せた自転車に乗って、せわしく西黄村近くの支隊本部をたずねたのは、二週間前のことだった。白川が持ち込んだ情報は、支隊全体を揺るがせた。邢台城内のアジト――朝日理髪店が不意に敵の捜索をうけ高山兄弟を装っていた于自強と林相秀が逮捕されたというのだ。

「何事だ！」

「どうしたらいいんだ？」

顔が真っ青になった。どう考えても憲兵隊に捕らえられた人間を取り戻すことはできなかった。一個旅団でなだれ込んでいけばいざ知らず、それ以外には救う方法がなかった。いらだつ胸は煮えたぎり、何の対策もなく一日が過ぎ、二日が過ぎ、三日が過ぎ、五日が過ぎ、一週間が過ぎた。二週目のある日、遅めの朝に連絡員白川がまた自転車に乗って、歩哨長の案内で息せききって支隊長室に入って来た。

「きょう夜汽車でたちます」

白川が出しぬけに叫ぶのを、何のことか分からない尹支隊長は、

「夜汽車でたつ？　誰が？」

と、問いただすと、白川ははやる息を少しおさめて、

「高山兄弟です」

と、詳しく話しだした。

「おお、たつってどこへ？」

尹支隊長と歩哨長が同時に驚いた。

「石家荘へ行くそうです。石門憲兵隊から、押送する憲兵が、送り込まれたそうです。林通訳——御存知ですよね。林通訳が朝早く来て一刻も早く知らせろと言ってくれたんですが、だけど城門が開かなければ出られないです。それにあまり早く動くと疑われると思っ

て遅くなりました。

「ご苦労さま、白トンム」

尹支隊長はありがたくて白川の手をギュッと握りしめ、何度も何度もゆすった。

〈銅銭買いの愛国者！　本当によくやってくれた！〉

白川は仰ぎ見る尹支隊長が自分を同志のように熱く対してくれることに感激し、恐れ多くて、しばし身の置きどころがなかった。

尹支隊長はただちに非常招集をかけ、救出作戦を練った。激こうした同志たちは、

「列車を襲撃しよう」

「議論の余地ない。襲撃しなければならん」

「時刻におくれてはならない」

「総出動しよう」

「ちくしょう、奴らにおれたちの力をみせてやろう」

「時間がない。急がなくちゃならん」

「現場に行くのにも何時間もかかる」

口々に襲撃しようと主張し、議題は本のページをめくるように具体的な作戦計画をたて

ることに移った。

「まず列車を停止させる方法から討議しよう」

という尹支隊長のことばに、多くの人が、

「もちろん軌道を爆破しなきゃ」

「いや、レール一本を取りはずすほうが、もっといいよ、うるさくなくて」

「そうしたら、汽車が脱線するかもね――」

「危険だ、その方法は」

「脱線はよくない。こちら側の人たちも傷つけることになる」

次々と繰り出される案に、楊大峰は、

「おれの話を聞いてくれ」

と、皆を押さえ、自分の考えを述べた。

「列車を停めるのに、爆破するとか、レールをはずすとかいうのは、まあ下の下の策だ。わが民の人を救い出すのが今度の目的である以上、到底実行できる方法ではない。おれが以前朝鮮で元山ゼネストの鉄道労働者たちに教わった方法がある。あの時、外地からかき集められた一団を阻止しようと、汽車を途中で停車させるのに、元山鉄道労働者は、おろかな方法で警察の奴らに口実を与えないように、巧妙な方法を取った。勾配が急な地点を選び、レールに何十メートルにわたりモービルオイルをべっとりとぬりつけた。すると車輪が空回りをするじゃないか。もともと機関車は前に進むものなのに。あわてた機関士が砂桶に入っていた砂を——丘をのぼる時にまく砂を、まいた。結局、かろうじて丘を登ることは登ったが、その間時間がかかった。だからわれわれもこの手を使い——」

楊大峰の話が終わる前に、

「そりゃ、いい案だ」

「それだ！」

「大賛成！」

熱烈な雰囲気の中で、満場一致で可決された。

時間が切迫しているのですぐに行動を起こしたが、尹支隊長の指示で何人かは遮断壕を越える踏板を用意し、また何人かは油を求めに走った。尹支隊長は楊大峰と李明善をともなってあとに残り、白川に彼がこのたびの行動で果たす役割について詳細に話して聞かせた。

白川を納得させ送り返すと、もう日が高かった。またしばらくたつと、用意できた踏板はそれなりに使えるものだったが、油はモービルオイルがなくて、代用品の菜種油と豚の油をたっぷり買い込んだ。

列車を襲撃しようと出発した隊伍は、日暮れ時に官荘から五、六マジャン〔二、三キロ〕離れた村落に入り、夕飯を作って食い、しばらく休んでから夜陰に乗じて行動を開始した。遠い村の犬の遠吠えを聞きながら、幽霊の行列のようにひっそりと事前に偵察して選定しておいた地点に接近した。

十余名が交代で運んできた、片方の端に長い麻縄をつけた大きな踏み板を、跳ね橋のようにに遮断壕のへりに六十度角で立て、だんだんと角度を下げ、踏み板を置いた。いまや列車が通過する時間、九時二十分まで三十分たらずだった。隊員たちは次々と踏み板を越え、鉄路の両脇に埋伏（うっぷ）した。ここは急勾配――線路がかなり傾斜した地点だ。楊大峰の指揮下に七、八名が二手に分かれて準備した菜種油と豚の油を、レールの内側の半分に、何十メートルにわたってたっぷりと塗りつけた。二つの材質が異なる油によって、レールはすっかり正常の機能を果たせなくなった。

遠くの邢台駅から汽車が発車する汽笛の音が聞こえると、尹支隊長は腰をかがめ、各分隊の分隊長一人一人をたずね、もう一度注意を与えた。

「抵抗したら、容赦なくやってしまえ。機関士も同じだ。素直に従うなら生かし——でなければ、やるまでだ。一般乗客は傷つけないように——」

やがて前灯がまぶしく照らし、列車が走ってきた。埋伏していた者たちは、それぞれ銃を腹の下に敷き、顔を地べたにくっつけた。そんなこととは知らずに、勢いよく走ってきた機関車は、油がべとべとに塗られた勾配に入って来た。

だが、いくらも進まず、すぐに車輪が空回りし始めた。重々しい機関車が線路の上で、しきりにあがくさまは、まるで魔法にかけられたようなふしぎさだった。訳の分からない機関士と火夫が目を丸くして顔を見合わせた瞬間、夢に見た恐ろしい八路軍が、機関室に飛び込んできた。そして有無を言わせず銃口を突きつけ、

「とめろ！」

と、どなるではないか。肝をつぶした火夫は持っていた火かき棒を放し、あげろとも言われない両手を——映画で見たように——さっとあげた。機関士はぶるぶる震えながら、自分をねらう銃口に目をやらないまま、ほぼ本能的にブレーキをまさぐった。

列車が停まろうとガタンガタンと音をたてた時、後ろから三番目の客車の戸が内側からあけられた。近くに待機していた楊大峰を先頭に、手に手に銃を持った襲撃隊員がどやど

やと列車に飛び込んだ。戸をあけた白川は、急いで反対側に立ち、客室の出入り口の戸をあごでしゃくって知らせた。楊大峰が気づき三、四歩先の戸を押して客室に飛び込んだ。右側の座席に離れて座っていた憲兵下士官がすばやく拳銃を取り出した。一瞬の撃ち合い。憲兵下士官は腹を抱えてうっぷせに倒れ、楊大峰は左の手首を撃たれた。後について入って来た李明善と馬春植はほかの隊員たちとともにとびかかり、一瞬のうちに二人の憲兵の武装を解いた。そして目をむいて、

「カギ！」

「すぐにはずせ！」

と、迫ると、一人の憲兵がカギを取り出し、于自強・林相秀の手錠をガチャガチャとはずした。すると于自強と林相秀ははずした手錠を器用にも二人の憲兵の手首にはめこみ、一人の奴が手にしていた手錠のカギをさっと取りあげた。政治闘争、武装闘争とは、元来このように激しく転変するものだ。

この時、楊大峰はちょうど目の前に黒いオーバーコートを着た若い女が立っているのをチラッと見た。その女と楊大峰の目がかちあった。稲妻のようだった。

「ねえさん！」

と、叫んで一歩前へ足を運んだ刹那、背後で一発の銃声がした。飛んできた銃弾は楊大峰の背中を突き抜け、まっすぐ心臓を貫通した。

楊大峰は姉の足元に頭を突っ込むようにして倒れた。言葉一つかけるひまもなかった。楊大峰を倒した凶弾は、直前に彼の銃で撃たれて倒れた憲兵下士官が、必死で身を起こし最後のあがきで撃ったものだった。怒りにかられた李明善が、手にした銃剣を憲兵下士官の背に突き刺すと、彼は豚のような悲鳴をあげ、すぐに四肢をだらんとさせた。

楊大峰の姉が崩れるように倒れこみ、弟のむくろの前にひざまずいた。あまりにも悲しい十年ぶりの再会であった。

（五）

武安城外で白昼楊大峰たちに生け捕りにされた憲兵隊通訳柳東浩は、何年か後に、最前線で入党した。彼の述懐を聞いてみよう。

「——わたしは全く日本帝国主義の手先になるのが恥ずかしいことだと思っていませんでした。それどころか日本憲兵隊の通訳をすることは名誉なこと、光栄なことだと思ってました。そんなわけで最初捕まってつれてこられた時は、反感と憎悪で胸の内が張り裂けそうでした。すぐにも殺されるとばかり思いこんでいました。八路軍の軍服を見たり、麻のわらじを見ても、また武器を見ても——見下していました。心の中で嘲笑っていました。〈あんなもので戦争をするというのか?〉。まともな人間に見えなかったのです。本当に匪賊の群れのように見えました。〔当時、朝鮮義勇軍の軍服と武器は八路軍と全く同じだった。だが旗だけは太極旗をかかげた。〕

そうしたある日のことでした。時事報告というのをやるから、わたしもいっしょに聞くようにと言って来て——わたしはうつむきかげんで隅っこに座って聞きました。

どんなほらを吹くのだろう、一度聞いてみようじゃないか、という心づもりでした。ところが驚いたことに、あんなにも大したことないとばかにしていた人たちの口から、ダーダネルス海峡〔黒海からトルコの北を通りエーゲ海に抜ける海峡〕がどうの、ヴィシー政権〔ナチスドイツ下のフランス政権〕がどうのという話が飛び出してくるではないですか。

しかも分析が明確で精密ではありませんか。論理が整然としているのです。わたしはもう、あまりにも意外で——舌を巻いてしまいました。こうしたものが、ここにあったのか！　と思いました。

わたしはその時から、昔の悪を取り除き生まれ変わろうとしました。しだいに彼らを尊敬するようになりました。長い間教えを受け自分の前非を悔い改めることができました。知ることが力になりました。革命隊伍はまさに、使い道がないものを溶かして使えるものにするるつぼでした。わたしはその時から、自分の恥多い過去を洗い流したいと、抗日戦争に勇敢に飛び込んでいきました。たとえ火の中、水の中でも、戦闘の隊列に立ちました。——そして今日に至りました——」

囚人医師

（一）

内科医師玄徳淳（ヒョンドクスン）は反革命現行犯で懲役十年の判決を受け、この監獄に入ってきた。発端となったのは、同僚の家に四人ほど集まった酒の席上の発言、「酔っ払って本音が出る」で、

「だけど、彼が書いた『共産党員の修養』〔劉少奇『共産党員の修養を論ず』をさす。劉少奇は国家主席までつとめるが、文革中毛沢東と対立、失意のうちに没した〕もいいこと言ってるじゃないか」

と一口言ったのが密告されて、あるこわい人の耳に入ったからだった。彼は若い妻と小さな子供の目の前で手錠をはめられ、背中を押されて、ジープ車に押し込まれたことが、きのうのことのように、まざまざと頭の中によみがえった。

――おれの一生も、もう終わりだ――

こうした絶望感が容赦なく玄を包みこんだ。

人間を鍋で炒るような二か月間の入監隊〔収監者訓練班――訳注〕生活がやっと終わって、それぞれ中隊に編入されたのだが、玄徳淳が編入されたのは第三中隊――老弱隊であった。老弱隊とは、老人・病人・身体障碍者を別途に集めた中隊であった。老人でもなく、病人でもなく、身体障碍者でもない玄徳淳が老弱隊に編入されたのにはわけがあった。囚人医師に欠員が出たからであった。囚人百五十人から編成される中隊には、医師が一人ずつ配置されるのだが、その医師は必ず服役中の囚人が担当しなければならなかった。中隊医師とは、つまり囚人医師であった。

囚人医師の職務は「犯」の字が入った衛生帽・衛生服を身に付け、救急カバンを肩にかけ、作業に出かける中隊に付いていくことだった。「犯」の字は囚人という意味だった。

前任医師が監獄衛生所勤務に昇格したため、玄徳淳がその後釜に座ったわけだが、任務引き継ぎの際、新旧医師はざっとこんな話を交わした。

「あんたはなんでここに入ったんだ？」

「反革命ということで――」

「反革命？　反革命は本来、中隊医師に採らないはずだが――あんたは特別のようだな」

「そうですかね。分からないけれど」

「どれだけくらった？」

「十年。あなたは？」

「おれは七年――女性問題で。あと二年残ってる」

「ところでどうですか？　ここの情況は」

「苦労するぞ、この分隊は。年寄りや身障者ばかりで。一度やってみろ、とたんに髪が真っ白になる！」

「ここに――政治犯はいるんですか？」

「いるとも。政治犯三十名、刑事犯九十名――。一対三の割合だ」

「聴診器は？」

「おれの聴診器を置いて行くから心配ないが、手あかがついているからなあ――おれは衛生所に行って、ほかのものをもらうさ」

玄徳淳はあとについてゆっくりと中隊の中をのぞいてみて、これは力にあまる仕事をひきうけてしまったと思った。片足を棺桶につっこんだ八十歳以上の老人が四人おり、腕の不自由な者、足の不自由な者が十名を越えた。

〈ここには、こんな人が、一人二人じゃないんだ。どうやって過ごそうか〉

玄徳淳は自分の苦しい運命が、あらためて呪わしかった。

（二）

恨めしいほど小さなトウモロコシだんごと、もどかしいほど小さな白菜汁一杯をかきこむが早く、すでに、

「整列！」

と、組長の叫ぶ声がした。この日の午前の作業が始まったのだ。古い灰色の囚人服を着

た年寄りと障碍者たちが、看守に向かって三列にならんだ。玄徳淳も緊急カバンを肩にかけ隊列の最後に並んだ。そこが中隊医師の立つ場所だった。

「番号！」

と、号令をかける。

「一」、「二」、「三」、「四」――

各人が番号を口にするうち、突然後列から

「こいつ、どこにもぐりこむんだ！」

「なんでいけないんだ？　おれだって仕事したいんだ！」

「ばかばかしい。おまえのは仕事だなんていえるか！」

「むこうずね折られないうちに、さっさとどかんか！」

「仕事したいっていうのに何でじゃますするんだ？　このろくでなし。やるといったらやるんだ！」

「看守さん、こいつはまた割り込みました！　怪物が、趙春生（チョチュンセン）が、また割り込みました」

騒ぎが起きて、ざわざわした。

「そんな攪乱分子はすぐに追い出せ！」

「怪物！」

「ヒヒヒヒ――ヒヒヒ――」

看守が静かにさせようとして「趙春生！」

と呼ぶと、隊列の中から若い声がして、

「はい！」

と答えた。

「おまえはさがっていろ。おまえの仕事はない」

「いいえ、看守さん。わたしはいくらだって仕事ができます。あんな年寄たちよりも何倍もできます。どうしてもついて行きます」

玄徳淳は内心変に思った。強制労働を思想改造の重要手段とする監獄で、仕事に出るとせがむ者をとめるとは！

「看守さん、お願いします。わたしを連れてってください。お願いです、看守さん」

看守がむずかしい顔をして眉間にしわを寄せ、舌を鳴らすと、吐き出すように言った。

「組長、しかたない、つれていってやれ」

「はい！」

「見ろ。看守さんが許してくれたじゃないか！　さしでがましい口をたたいたけど、むだだったな！」

「こいつ、黙って、列にちゃんと並べ！」

「はい、はい」

玄徳淳はその趙春生という囚人に興味をもって、作業をする間、注意して見ていた。作業は冬の間食べる野菜を貯蔵するムロを掘ることだった。組長が、

「おい、怪物。おまえは向こう側を掘れ」

と指示すると、趙春生は、

「どこ？　ここ？　ああ、分かった、分かった」

趙春生は四の五のいわず言われるままにちゃんと仕事をした。誰もが、彼を「怪物」と呼ぶので、彼のあだ名が「怪物」のようだ。年は二十四、五、背は百六十センチほど、手足は揃っているのに、奇形的に太く短く、顔には整った理性がまったく見えなかった。休みの時間に手まねきで彼を呼ぶと、趙春生は、

「おれ？」

と、指先で自分の鼻をさしてから、小走りにやってきた。

「あんた、新しく来た医者さんじゃないのか」

にこにこしながら趙春生がたずねた。

「そうだ」

「じゃあ、薬をくれるか？」

「薬？　何の薬」

「食べたものが消化しない薬」

「そんな薬がどこにある」

「ない？　そんな薬？　畜生！」

「なぜだ？」

「なぜってことないよ。食べたものがどんどん消えてしまうから」

「腹が減るってことか？」

「じゃあ、あんたは腹がへらないのか？」

横で誰かが、

「おい、怪物。そこどけ、くさいぞ！」

と、追い払うと、怪物も負けずにその者を横目でにらみ、

「いい気になるなよ！」

と、一言やり返してゆっくり向こうに行ってしまった。玄徳淳が怪物を追い払った囚人に、

「あいつは何をやって入ってきたんだ？」

と聞くと、その人は、

「あいつかい。奇怪千万なことで入って来たのさ。そのうち分かるよ」

と、にやっと笑った。そしてごろりと寝そべりながら一人つぶやいた。

「あああ、タバコでも吸えないかなあ」

この時向こうから何やら滑稽な歌声が聞こえてきた。何かと思って玄徳淳がそちらを見ると、今しがた自分のところに来て、追い払われた趙春生が、その奇形的に折れ曲がった手足を持ち上げたり下ろしたりしながら、歌に合わせて踊りを踊っていた。その様子がおかしくて、囚人たちはみなくすくす笑うと、作業場で人足頭の役目をする組長が追いかけて怪物の襟首をつかんだ。

「静かにしろ。看守さんに叱られるぞ」

昼飯時になり午前の作業が終わるときまで、趙春生は遊んでばかりいて、ついに仕事を

する気配を見せなかった。ほかの囚人がそんなことをしたら、ひどい刑罰を受けるだろうに、趙春生だけは例外なのか、そんな彼をただしもしないで、皆が放っておいた。

昼飯時にトウモロコシ餅がでると、趙春生がそそくさと前に進み出て、

「おれ二両、おれ二両〔二両は約七十グラム――訳注〕、おれも仕事した。おれ二両」

と叫ぶので、組長が軽蔑した目つきで、

「わかったよ。やるから食え」

ぐちをこぼしながら二両のトウモロコシ餅一個をさっと投げてやった。

監獄では労働の軽重によって食料の供給量も多い少ないがあった。仕事をしない者には一律朝二両、昼三両、晩四両だった。趙春生のように若くて元気な者が小さな化粧瓶ほどの二両のトウモロコシ餅をもらって食うだけでは、昼飯までに腹がすいて空が黄色く見える。その上、昼飯に三両を大きなヒキガエルが小さなハエを食うようにがつがつと食うのでは、夕飯まで待つのが本当につらい。

ところで、監獄の規則で、どんな事であれ仕事をした者には昼飯に「加量」といって、二両のトウモロコシ餅一個をよけいにくれることになっていた。趙春生が仕事に出ると必死だったのは、まさにこのためだった。そして他の者たちが彼を作業に参加させないよう

にしたのは、最初少しばかり仕事をして、あとは踊って歌って遊んでばかりいて、仕事に邪魔になるからだった。玄徳淳も納得できた。

「それならなんで厳しく取り締まらないのか、監獄当局は？」

と、組長に聞くと、組長はそれは無理というように、

「取り締まり？　気が狂っているのに、どうやって？」

と、せせら笑って首をそむけた。

「あの男、気違いなのか？」

「じゃあ、あんたは正常だと見るのか？」

衛生所に仕事で行った時、前任医師に会って、玄徳淳はもう一度たずねてみた。

「うちの中隊の趙春生が、ほんとに精神病者なのですか？」

「怪物のことか。精神異常だ」

「精神異常だって？　じゃあ、なんで精神病者を監獄にいれたのですか？」

「でも正式にちゃんと十年の判決を受けてきたんだから、おれたちがどうすることもできないだろ」

「十年？　一、二年でなく、十年も！」

「あんたはあいつに代わって、不平をとなえるのか？」

「おれたちは医者ではないか。職業的良心が——」

「職業的良心？　なあ、おれたち囚人じゃないか、囚人。プロレタリア独裁の対象だ。分かったか？　たった一言が、へたをすると、刑期延長になるぞ。ましてやあんたは反革命だ——じっと目を閉じて無事にその日その日を送れば——。これが監獄での処世術だ。そんなこともまだ分からないのか？」

「だけど——」

「だけども、くそもないよ。——ああ、あんたの中隊にレントゲン撮影をするのがいたろう？　午後につれてきてくれ」

老弱隊には他の中隊のようにそれほどきつい労働は課されていなかった。患者や高齢者はやればよし、やらなくてもよしとする程度だった。だから自然に閑談する機会も他の中隊よりも多かった。多くの人の口を通じ、また本人の要領をえないことばを通じて趙春生の犯罪事実を知って、玄徳淳はびっくりして、しばらくは開いた口がふさがらなかった。

趙春生は漢族で、蛟河県〔吉林市の東にある——訳注〕の農村の生まれであるが、事件を起こしたのは彼が二十一歳の時だった。早くから父母をなくし、伯父の家で育てられたが、小学校を四年ほど通い、やさしい文字はよめるほどだった。身寄りのないところに、容姿はいいところがないというよりは奇形的にできていて、その上、恒常心がなかった。畑仕事は半日も続かず、すぐに嫌気がさしてしまって、一人大声でわめきながら、そこらじゅうを歩き回るのが日課だった。

そうした彼に娘をやろうという者は、もちろんこの世に一人もいなかった。ところが異性に対する欲求は病的に旺盛で、抑制するのが難しい状況だった。

ちょうど隣に十八、九になる娘が住んでいたが、彼はひそかにその少女が好きだった。しかし、娘は彼のそうした心を知る由もなく、それどころか最初からうとんじて、彼に一度も目を向けなかった。ところが不幸にも若い娘は病死してしまった。父母は泣きながら娘を裏山に埋めた。それを見た趙春生は内心考えた。

〈あの娘を土の中に埋めるとは。惜しい〉

〈自分が負ぶって連れていっていっしょに暮らそう。——亭主もいないのだから〉

夜になるのを待って、趙春生は一人こっそり鍬をかついで裏山に登って行った。

墓を掘って棺桶を壊し、死んだ娘を取り出した。新郎になった気分で死体を背負って家に帰ってきたが、口うるさい性分の叔父に叱られそうな気がした。そこで、負ぶってきた花嫁をどこかに当面かくすことにした。まともな人間のすることではなかった。適当な置きどころが思いつかなかった趙春生は、とりあえずたきつけ用の柴の下に寝かせておいて、いったん家に入り、疲れていたので大の字になって、ぐっすり眠った。

朝早く叔母が起きて朝飯を作ろうと庭に出て、薪を手にすると、その下から——明らかに死んだはずの——隣の家の娘が横たわっていた。びっくり仰天した叔母はひっくりかえり、そのまま息を吹き返さなかった。持病の心臓病を患っていたので、驚いた衝撃で心臓麻痺を起こしたのだった。亭主がいくら待っていても女房が朝飯を作る気配がないので、外に出て見ると、

〈えっ、こりゃどうしたことか！〉

庭に死体二つが縦横に横たわっているではないか！

「それであいつは今も自分の叔父のことをうじうじと恨んでいるのだ」

「叔父が申告したのか？」

「そうよ、どうしようもない。何せ女房が急死したんだから。そりゃあ致命的打撃だろう

よ」

「そうだろう。こんな話は生まれて初めて聞くな」

「珍しい話だろう」

「明らかに気が狂った者のしわざだ」

「そうとも」

〈それならば？――〉

玄徳淳は自分が難題にぶつかったことを、強く感じた。彼の目の前にはすでに医師の職業的良心と、反革命だとかいうでたらめの罪状とが、ものものしい魔鬼のごとく、相対して勝負する準備を整えていた。

（三）

玄徳淳は、老弱隊一五〇名の健康に全責任を負う自分が職務に怠慢であるのは許しがたい罪行だと思った。精神病患者に懲役を科すことは、国家の恥だと考えた。医師がそれを知りながら、自分の一身上の都合から黙っているのは、犯罪と異なることがないと考えた。

〈くそ！　こんなものめごとが――よりによっておれに回ってくるとは！〉

趙春生が精神病者であると、疑う余地がなくなった時、玄徳淳は衛生所に行政医師を訪ねた。行政医師はもちろん国家の幹部だ。

「わたしたちの中隊、第三中隊の趙春生を一度精神鑑定してください」

「誰を精神鑑定しろって？」

「第三中隊、老弱隊の趙春生をです。怪物――」

「ああ、あいつ懲役をくらって何年目だ。四、五年にはなるだろう。それを何も今さら、そんな――」

「まだ確定的な診断はできていませんが、――精神病であるのは間違えありません」

行政医師は近視眼の眼鏡越しに、分を越えた囚人医師をじろりと見た。そしていかにも不満げ顔でこう吐き出した。

「ほかの医者はみんなめくらだというのかね」

「違います。そういう意味ではありません」

「違う？　ではどういう意味か？」

「わたしは、ただ――」

「ただ、なんだ？」

「精神病患者を服役させたとすると、法的に見てどうかと思って申し上げたのです。医師の立場として――。知らなかったのならともかく、知ってしまった以上は――」

「是非を争うというわけか」

「とんでもありません。そんなことは少しも考えていません」

「帰ってもう一度よく考えてみるんだな」

「はい」

「身分を忘れないように」

「はい」

「人民の前で犯した罪をもう一度徹底的に反省するんだな」

「はい」

玄徳淳はしっぽをまいて引き下がった。囚人という身分を骨身にしみて実感した。

「職業的良心？　君、おれたちは囚人だよ、囚人！　プロレタリア独裁の対象者ということだ。わかったか？」

と言っていた専任医師が〈かつては事理に明るい大先輩であった〉ことを思った。

しかし、意気阻喪した玄徳淳の疲労困憊状態は、そう長くは続かなかった。彼は七転び八起きのしたたかな意志の持ち主だった。

〈どうすれば精神病検査を受けさせられるか。専門の医師に診てもらえたら絶対うまくいくんだが――〉

〈おれはつまらないことをしているんではないか？　あまり、とげとげしくやり過ぎたのではないか――。角の丸い石がぴったり合うというが――〉

〈いやいや、それはできない。最後までやらなければならない。真理はどうあっても真理なのだ――〉

玄徳淳がこうした内心の戦いを続けているころ、何事も知らず、腹のすいたその日その日を送っていた趙春生がまた常識はずれなことをしでかして、他の囚人たちのひんしゅくをかった。

監獄は不夜城だ。囚人の脱獄をふせぐために、夜ともなると電灯が四方八方隅々までこうこうと照らした。夜の間、その電灯のあかりにガが集まっては飛びかい、朝起きて見ると地面にガの死骸がいっぱいに散らばっている。その多くのガを趙春生が、クワ畑でクワの実をとるように、みな拾って食ってしまったのだった。

「おい、怪物。うまかったか?」

「たぶん、ユッポ、〔牛肉を薄く切って干したもの――訳注〕みたいな味がしただろうよ」

「おお、気持ち悪い! あっちにいけ」

「怪物様がおなりだ。さっさと道をあけろ!」

「ワハハ――」

「ヒヒヒ――」

退屈な監獄暮らしにうんざりしている囚人たちには、ひとしきり話題になった。

この事件が玄徳淳の決心をいっそう固めさせた。

〈どうあっても解放させなければ!〉

中隊は、中隊長と指導員、そして公安系統を代表する監事、この三人にまかせられていた。そこでまず中隊長に意見を言った。

「何? 精神鑑定をさせろって? 何で行政医師に提議しないんだ?」

「棄却されました」

「それをおれにまた提議しろというのは、どういう意味だ？」

「どういう意味もありません。ただ——」

「気をつけろ。政治犯を囚人医師に取りたててやるのは、特典だということを忘れるな」

壁に向かって話すように、まったく取りあげてくれなかった。玄徳淳はまたしても頭をかかえて、戻らねばならなかった。

〈ええい、くそ！〉

(四)

玄徳淳がくりかえし挫折に苦しんでいるころ、趙春生は何事も知らず、常識はずれのおかしなことで、絶えず人々の笑いをとっていた。娯楽に飢えた囚人たちは彼を見かけさえすれば、

「やあ怪物、歌を歌ってくれよ」

「よう怪物、ちょっと踊ってくれよ」

「おい、おまえがおぶってきた花嫁は、おまえのこと好きだって?」

「顔はどうだった。美人か?」

このように、からかっては楽しんでいた。全監獄七中隊千余名の囚人で、〈怪物〉の名を知らない者がいないほど、趙春生の人気は高かった。監獄の中で得がたい人物とされ、みんなの笑いものになっていた。

外の社会にいるときならば、患者の精神鑑定をしてもらうよう、二、三行文字を書くくらい朝飯前だ。ところがこの監獄では天の星を取るよりも難しい。

内と外でこんなにも差があるとは玄徳淳は知らなかった。

考えあぐねた末に、彼は指導員をたずね、最後の訴えをしてみることにした。

「何? 社会主義的人道主義にそむくだと? 身のほどを知らないやつだ。なおも反革命の毒気を吐くつもりか? よし――じゃあ、帰って待ってろ!」

この抗議のせいで玄徳淳はついに「反省」させられることになった。監獄内での反省とは、何日か何週間か身動きできず、正座して自分が犯した罪を反省することであるが、昼も夜も監視員がそばについていて、便所にいくときもその者を拒否できなかった。「反省」

する者は囚人中の囚人で、一般の囚人の侮蔑と冷遇をうけるのだった。いつだったか仮病をつかった奴に、薬をやらなかったことがあったが、そいつが忘れずに玄徳淳のところに来て反撃した。

「医者気取りで偉そうな顔してるな——ざまあみろ。どうだ」

「反省」する者はこぶしをふるえないのはいうまでもなく、反論ひとつできないことになっていたので、自分らは絶対に安全だった。檻に入ったトラをそとから棒で殴るようなものだった。

玄徳淳がどうして「反省」するようになったか知るよしもない趙春生もみんなにつられてやって来ては、

「おい医者、あんたも盗みをはたらいたのか？　手癖が悪いなあ」

「こんどはすっかりまいったようだな。見かけは元気そうだけど——分からないもんだな」

こんなことをつぶやいて、しまりなく、にやにやとするのだった。趙春生は監獄内でよくあるように、玄徳淳も盗みを働き、それが見つかって反省したものと早とちりしたのだった。玄徳淳を監視する「満洲国」警察出身の下役人が、

「おい怪物、くだらんおしゃべりやめて、さっさと出ていけ。またシラミがうつるじゃないか」

と、責めると、趙春生は唇をぴゅっと突き出して、

「おれのシラミは福を呼ぶんだ。くれといっても、やらないぞ、フン！」

と、のそりのそり向こうの方へ行ってしまった。「反省」をしている玄徳淳はそれを見て、おかしくもあり、また一方ひそかに腹も立った。

〈あんな奴のために、こんな苦しみを味あわなくてはならないのか！〉

二週間の反省期間が終わる前に、新しい囚人医師が中隊に配置され、玄徳淳はもといた位置を追われ、一般囚人に格下げされた。あの身の毛のよだつ「反省」が解けたのち、新しく来た医師と、あいさつを交わした〈反省中はたがいに会ってもことばを交わせなかった〉。新任医師は大学時代の後輩で、女性問題で懲役五年を言い渡されたのだった。

「反省は何だってくらったんですか？」

「ちょっとおかしい奴の精神鑑定をしてやろうとして――」

「この中隊で？――それで？」

「言ってもだめで、結局こっちが反省させられることになった――」

「そうでしょうね」

しかし運命は必ずしも非情ではないようだ。江青一家〔江青は毛沢東夫人。江青一家は文革を主導した四人組をさす——訳注〕が権力の座から落ちたという消息が、春の雷雨のように監獄の屋根をたたき、高い塀をたたき、庭をたたき、そして人々が固く閉ざし、一面にサビが生えた心の鉄門をたたいた。玄徳淳は未決四年、既決三年、あわせて七年の牢獄生活の労苦を支払ったのちに、晴れて無罪釈放を勝ち取り、名誉を回復するに至った。無残に蹂躪された人間の尊厳を取り戻したのだった。

玄徳淳は出迎えに来た妻と息子を待合室に待たせて（妻は夫がいない七年間の苦労のためしわと白髪がすっかり増え、息子は一目見ただけでは分からないくらい大きくなって成長していた）行政医師を訪ねた。

「まあ、これは玄先生、よかったですね、おめでとうございます」

掌をひっくり返したような行政医師の態度に、玄徳淳はひそかに苦笑いをした。だが、すぐに、

〈世の中なんて、そんなものさ〉と割り切った。

「あの、ほかでもなく第三中隊の精神病患者――趙春生のことですが――」

玄徳淳がいい終わらないうちに行政医師は、

「ああ、心配することないですよ。わたしが責任をもって処理しますから。

玄先生はそんなことにまで気をつかわなくてもいいですよ。できるだけ早く処理して――結果が出たらお知らせします。何しろ病院は問題が多くて――そうしたものを、ええと、どうやっていいものか。――玄先生もご推察されるように――こうして末端機関で仕事をするとなると、ほんとに息苦しいことが多いものです」

と、逃げ口上を次々に並べ立てた。

「じゃあ、お願いしますよ。ありがとうございます」

「どういたしまして。またお会いしましょう」

ひと月ばかり経って、玄徳淳は病院からの電話を受け取った。

「はい、そうです。どちら様ですか？　やあ、お久しぶりです。お元気ですか？――ああ、そうですか。監獄は出たのに――帰る家がなくて――」

電話は監獄の行政医師がかけてきたものだった。趙春生が出獄はしたけれど、引受人がなくて、やむをえず、「就業隊」に就業させることになったということだった。「就業隊」

とは満期出獄はしたけれど、思想改造が不十分であったり、または行き場所がない人々を収容し、仕事場を準備してやる施設であった。

「だけど、精神病患者を法的にそのままにしておくわけにもいかないので――まずは病気から治してやらないと思って精神病院に入院させました」

「ありがとうございました。たいへんでしたね」

「いや、いや――」

日曜日、玄徳淳は菓子一袋と飴玉一袋を買って、問題をかかえる監獄の友人趙春生に会いに精神病院を訪れた。

「趙春生、面会」

看護員の叫び声とともに面会室に現れた趙春生は、みすぼらしい患者服を着ていた。そこには世界地図のようなシミがいっぱいあった。血色は赤黒く濁り、刈ったばかりの角刈りが人目を引いた。

「趙春生、わたしが分かるかい？」

「もちろん。あんたは医者じゃないか、盗みをして反省していた――」

戸口に立っていた看護員は驚いて玄徳淳を改めてまじまじと見つめた。

〈ほんとうに泥棒したんだ！〉

「そうだ、そうだ」

と、玄徳淳はハハハと笑った。趙春生はふしぎそうな顔で、

「ところであんたは何しに来たの？」

と、たずねた。

「あんたに会いに来たんだ」

「おれに会いに？　何の用事？」

「これを持ってきたよ」

「それ、何だ？」

「菓子と飴玉」

趙春生は両目をぐっと見開いた。

「早く出して」

「ほら、ここに」

「ヒヒヒ――おれらの医者が一番だ！」

趙春生はやわらかな生菓子をがつがつと口にいれ、ひとしきり頬ばっていたが、ふと思い出したように目くばせをして
「ねえ、医者さん。次に来るときも、こっそり持ってきてよ」
と、ずうずうしくねだるのだった。
玄徳淳はすがすがしい気分になって病院を出た。

終

解説　金学鉄——人と作品

（一）箇歴

金学鉄は一九一六年十一月四日、咸鏡南道元山府南山洞九十六番地に生まれた。この地は現在朝鮮民主主義人民共和国（北朝鮮）の元山市になっている。父親の家業はこうじ作りだった。金学鉄の本名は洪性杰（ホン・ソンゴル）といったが、これは戸籍上の名であって、青年期から金学鉄の名を使っている。五歳の時父を亡くし、父方の祖母の下で妹、性善、性子とともに育てられ、元山第二普通学校（小学校）に入学。四年生のころから『キング』『少年クラブ』等、日本の雑誌を読んだ。すべての漢字に片仮名ルビがついていて、楽しく読めたという。こうして培われた日本語能力は、その後抗日戦争に従事した時に、対日宣伝ビラ作成や、夜間の前線での対日本軍放送などで役にたった。

一九二九年、普通学校を卒業、母の実家のソウル鍾路区寛勲洞六十九番地に住んで、京城普成高等普通学校（中学）に入学。中学時代を過ごした母の実家の建物は、一九八九年、六十年ぶりに探しあてた。すでに人手にわたり修理の手は加わっているものの、ほぼ当時のままに保存されていた。中学一年の時、光州学生運動が起き、金学鉄もデモに参加するが、制止する警官の手をすり抜けるほど、まだ背も小さな少年だったという。一九三一年に「満洲事変」が起きる。その翌年には尹奉吉の上海虹口公園爆弾事件に大きな衝撃を受ける。

一九三四年、普成高等普通学校を卒業し、翌年上海に渡り義烈団に加入、石正（尹世冑）のもとで反日テロ活動に従事。一九三六年、テロ活動に限界を感じ、朝鮮民族革命党に入党、金若山（金元鳳）の部下となる。一九三七年、湖北省江陵中央陸軍学校（校長蔣介石）に入学。当時の教官に金科奉（白淵）、韓斌（王志延）、石正、李益星等がおり、同期生に金学武、金昌満、李相朝、文正一等がいた。また第二次国共合作下にあって、金科奉らの影響もあって社会主義者となる。

一九三八年七月、中央陸軍軍官学校を卒業（卒業直前に日中戦争がはじまる）、少尉として国民党軍に配属される。十月、武漢にて朝鮮義勇隊（朝鮮義勇軍の前身）第一支隊に所属。隊長金元鳳。隊の上部には周恩来、郭沫若等がいた。

一九三九年、湖南省北部一帯で抗日武装闘争の一環として抗日宣伝活動を展開、のち湖北省に移る。

一九四〇年八月二十九日、朝鮮亡国三〇周年の日、中国共産党に入党。

一九四一年初め朝鮮義勇隊第一支隊員として河南省一帯にて参戦。夏ころ新四軍を経て八路軍支配地域に入り、朝鮮義勇隊華北地帯第二分隊分隊長として参戦（朝鮮義勇隊は拡大して朝鮮義勇軍となる）。義勇軍は武亭が指導した。

十二月十二日、河北省元氏県の胡家荘戦闘で日本軍と交戦中、左足大腿部負傷、日本軍の捕虜となる。

一九四二年一月から四月、石家荘日本総領事館で取り調べを受ける。四月三十日、「洪性杰に対する治安維持法違反被告事件予審終結決定」（「思想月報」百一号）によって、長崎地方裁判所に回された。五月、北京から列車で釜山まで移送。その間、列車内でソウルから水原まで母と妹との面会を許される。護送刑事も金学鉄は足を負傷しているから逃亡しないと判断したと思われる。

一九四三年六月二十二日、戦時捕虜として扱われるべきところを、治安維持法をもって対処、長崎地方裁判所で、求刑は死刑、判決は「被告人を懲役十年に処す」（「思想月報」百三号）として収監される。

一九四五年、諫早の病院で左足切断手術。誠実に処置してくれた執刀医には深く感謝。解放を迎え、十月九日、政治犯釈放令によって、宋志英（のちにＫＢＳ理事長等を歴任）とともに十一月ソウル着、宋志英の紹介で文学者李無影と知り合う。四六年にかけて、左翼政治活動をしながら、抗日戦争体験を素材にした短編小説十余篇を書く。李泰俊・安懐南・金南天・池河蓮・金東錫・尹世重らと知り合う。（金学鉄の短編小説「亀裂」合評会時の写真がある）。

一九四六年十一月、アメリカ軍政の左翼弾圧に生命の危険を感じ、三十八度線を越えて北朝鮮に入る。麻浦から船で妹とともに海州へ脱出。組織が護衛看護師金恵媛を付けてくれる。

一九四七年、『労働新聞』記者、同僚に朴八陽がいた。のち『人民新聞』発行人となる。北朝鮮文学芸術同盟機関誌『文学芸術』に中編「氾濫」を、『民主青年』に短編を発表。

この年、仁川出身の看護師金恵媛、本名金順福と結婚。

一九四八年、長男金海洋出生。金史良の縁で外金剛の休息所において以前からの結核療養。

一九五〇年六月二十五日、朝鮮戦争始まる。人民軍後退時に、江界、満浦鎮から中国集安に。国境で文正一の助けを受ける。

一九五一年一月から中国中央文学研究所（所長は丁玲）研究員として、北京の頤和園の一角に住み、文学修業をする。

一九五二年、朱徳海（延辺朝鮮族自治州政府主席）らに招かれて延吉に移り住む。延辺文学芸術聯合会準備委員会主任．五三年には主任を辞退し、専業作家となる。このころ旺盛な創作活動。中でも『年功メダル』は人民文学出版社刊で十万部売れたという。ところがこの五年間の創作活動が一九五七年、反右派闘争で批判された上、文革が終わる八〇年十二月まで二十四年間執筆を停止される。

一九六一年、北京のソ連大使館に亡命しようとして失敗、文正一が同じ社会主義国に行こうとしたのがなぜ罪になるのかと援護（亡命未遂事件はオフレコで大村に語ってくれた）。

一九六六年七月、ひそかに書き溜めておいた『二十世紀の神話』の原稿が、紅衛兵による家宅捜査で見つかり、原稿を没収される。

一九六七年十二月から、文革期間中、十年間を監獄で服役。延吉拘置所（未決）、長春監獄、秋梨溝監獄を転々とする。

一九七七年十二月、満期出獄。その後三年間、反革命前科者として監視され、無職。

一九八〇年十二月復権、六十四歳にして再び文学活動を再開。

一九八三年、出獄後最初の長編『抗戦別曲』を黒竜江朝鮮民族出版社から出版。

一九八五年、中国国籍取得、抗日幹部としての待遇を受ける。中国作家協会延辺分会副主席になる（副主席は十数人）。

一九八六年中国作家協会会員になる。

一九八九年中国共産党党籍回復。九月、海外で抗日活動を行った者の一人として、盧泰愚大統領時代に韓国国務総理の招待で、越北後はじめて韓国訪問。その足で十二月、在日朝鮮人が主宰する雑誌『季刊青丘』の発行元「青丘文化社」の招きで日本を訪問する。

一九九三年五月～七月、再度日本訪問、六月七日、早稲田大学で講演。

一九九四年三月、KBS海外同胞特別賞受賞のため韓国訪問。

一九九六年十二月、『二十世紀の神話』が韓国「創作と批評社」から出版。出版記念会のため訪韓。その後、九八、九九、二〇〇〇年と訪韓。

二〇〇一年、石正生誕百周年記念国際シンポジウム参加のため、韓国密陽市の招きで訪韓。体調を崩し、ソウル赤十字病院に入院。中国延辺に帰るも病状好転せず、九月二十五日永眠。享年八十四であった。

(二) 金学鉄の文学

簡単に年表で金学鉄の足跡をたどってみたが、これだけでも、その生涯は波乱に満ち、信念を貫き通した一生であった。最初は中国共産党員として、解放後の一時期は南朝鮮労働党員として、そして再び中国共産党員として、一生をかけて戦った朝鮮人であった。

さきに簡単な年表では「金科奉らの影響により社会主義者となる」と書いた。だが金学鉄自身は自伝『最後の分隊長』(韓国、文学と知性社、一九九五)の中で、上海時代に読んだもっとも感銘を受けた本として、ハンガリーのペテーフィの詩集と、日本の社会主義経済学者河上肇の『貧乏物語』をあげている。河上肇により、人類学者を国家・民族・人権といった縦に見るだけではなく、はじめて横に見る視点を教わったという。「独立運動に身を投じたわたしが、敵国の経済学者の書いた本を読み、階級意識に目ざめた」と金学鉄は回想している。

彼は不撓不屈の社会主義者であった。理想としたところは、彼自身のことばを借りれば「人間の顔をした社会主義」であった。それは貧しくとも心豊かな八路軍の生活に根ざしたものであった。彼は執拗なまでに繰り返し彼の体験を小説化した。それは単に伝記小説を書くのが目的ではなかった。彼の理想郷が八路軍の生活にあったからだといえる。八路軍での戦闘活動ぶりを語るとき、彼の筆は軽く、さわやかである。戦闘には成功も失敗もある。その泣き笑いを、ユーモアを交えて描いた。

わたしは早稲田大学在外研究員として一九八五年四月から一年間吉林省の延辺朝鮮族自治州に滞在し、その間八五年六月から翌年二月にかけて、延吉市内の金学鉄の家を訪ね、少年時代から現在に至る金学鉄が歩んだ道を話してもらった。毎週一回、毎回二、三時間、計十五回、時々中国語・朝鮮語をまじえながら、基本的には流暢な日本語で語り、二度にわたるオフレコもあったが、わたしが質問し金学鉄が答えるという形の対話を録音することができた（要旨は『中国朝鮮族文学の歴史と展開』緑蔭書房、二〇〇三年三月刊）。そのインタビューの中で、金学鉄はこう言っている。

「八路軍は百姓と兵隊が平等なんだ。わたし、八路軍に行ってね、風呂に入れないもんだから、小川をせき止めて体を洗ってた。そしたら一人の農民がクワを持って飛んできて、怒鳴りつけるんだ。わたしが水をせき止めたから畑に水がいかない。百姓が将校をどやしつけるんだ。八路軍は偉大だね。国民党でこんなことやったら、農民はただちにハチの巣だ。

太行山はわたしたちの行く前、閻錫山の支配下にあった。行ったら民衆が三十年先の税金まで納めてる。驚いたね。ひどい搾取だね。そのとき民衆は圧迫されて、うんともすんとも言えないんだ。だが、八路軍がくると、完全に自由なんだ。」

農民が軍隊の指導者をどやしつける、だからその軍隊は偉大なのだ、と金学鉄は言う。また、金学鉄は失敗例としてナマズ騒動の話をしている。

「崔采たちと太行山の沼で人の背丈ほどの大ナマズを見つけた。これはありがたいと焼いて食った。塩がないから何もつけずに食った。それを村人が見て、直ちに旅団司令部に抗議が来た。あのナマズは何千年も前からの龍王だ。あそこは雨の少ないところなんだ。だから大ナマズはたたりが恐ろしくて食えない。わたしたちは唯物主義者でしょう。たたりは信じない。でも農民たちにとってナマズは神様ですよ。神様を取って食ったらどうなるんですか。老百姓（人民）がナマズは神様だといえばしかたがない。ひどく老百姓に叱られてね。でも知らないで食ったのだから許してくれた。ところがその年、神様がひねくれて、一粒の雨もくれない。ほれみろと、農民が暴動を起こしかねない。そこで雨ごい儀式参加命令が出て、農民といっしょになってのぼり旗をもって、わらを燃やしたり、楽器を鳴らしたり、雨ごいをした。こんなことを皆（小説に）書いた。革命は偉大なだけじゃない。おもしろい失敗もある。嘘をついちゃいけない。」

この話は『抗戦別曲』の終わり近くに出てくる話と一致する。『抗戦別曲』では、崔采が両手に香煙（線香）を持って農民の行列に従って山を登りまた下って、人々にならいおじぎをして、雨ごいする。崔采は心に誓う。「二度とナマズを食べません。食べたらわたしは人間じゃありません。魚屋で売ってるのも食べません」。

「嘘をついちゃいけない」のくだりは北朝鮮や中国の公式革命史を念頭においての発言であろう。百戦百勝なんてあり得ない、と金学鉄は言う。現場を体験し実情を詳細に知る者だけができる発言だろう。

金学鉄の作品はすべて彼の実体験がもとになっている。作品中の地名・人名等に、実際の地名・人名等が使われる場合も多い。あるいは人名三文字中、二文字を実名と同じくし一字を原音と近い音とする場合もある。それらは小説がノンフィクションに近いけれども、作者のフィクションが加わっていることを示しているだろう。

革命戦士であった金学鉄が、なぜ小説家になったのか。その辺の事情を彼自身の言葉から拾おう。やはり、先のインタービューの中で言っている。

「もともと小説を書く気はなかった。だけど、たまたま日本軍が銃弾一発をわたしの足にプレゼントしてくれてね。片足を失っては軍人として役に立たなくなった。それで、よし、じゃあ書いてやろうと、九州の諫早監房の中で心に決めた。朝鮮義勇軍は労働者の軍隊ではない。農民の軍隊でもない。知識人の軍隊なんだ。彼らは腹が減ったり、職がなくて参加したのではない。自民族が他民族に踏みにじられるのを座視できなくて、立ち上がっただけなんだ。わたしが書くというのも、人間の世の中をどうすれば良くなるか、人類に何が貢献できるか、そのために書く。わたしの一生は、目の前に何か不合理な現実があれば、それと戦う。朝鮮義勇軍もそうだし、『二十世紀の神話』もそうだ。」

金学鉄が文学に踏み込んだ動機、さらには彼の文学の目的というものが、明確に示されている。しかし抗日戦争で片足を失うまでは文学に関心がなかったのかというと、そうではない。中学時代から『朝鮮文壇』社でほとんど無給のアルバイトをしたのも、当時の文学者たちに接したかったからだし、八路軍に入ってからも、同志の追悼歌を書いたり演劇の台本を書いたりして、文学に対する関心は深かった。朝鮮戦争当時、米韓軍がピョンヤンに押し寄せるなか、着の身着のままで北方行きを目指す中でも、『静かなドン』二冊は忘れずに持ち歩いたという。文学者になるべくしてなったといえるだろう。

第二次国共合作（一九三七年、日中戦争に際し対立する国民党と共産党は協同して抗日戦争に当たることとなった。紅軍は改変され国民革命軍第八路軍、略称八路軍となる）にあたり、八路軍の一部としての朝鮮人兵士による朝鮮義勇軍は、中国軍全体からみればごくわずかであった。

一九三八年成立時は二百名ほど、最後は三千人ほど。三千人では中国軍何十万の中で何もできない。日本軍と遭遇すれば戦闘をしたが、朝鮮義勇軍の主要任務は宣伝活動であった。反戦ビラの作成・配布、夜間日本軍陣地へのマイク放送、朝鮮人を義勇軍に包摂すること等が主な任務だった。かつて強制されて身に付けた日本語であったが、戦闘のなかでは役に立った。

朝鮮義勇軍の前身は朝鮮義勇隊である。一九三七年日中戦争が始まる。中国は第二次国共合作の時期に、武漢で朝鮮義勇隊が結成された。隊長は金元鳳。朝鮮義勇隊は戦況とともに組織と規模と中国内での活動地域を変え、その一部は中国共産党支配地区で活動した。

朝鮮義勇軍は朝鮮人だけで構成されていた。金学鉄らは湖南省、湖北省を経て、河北省と山西省の省境の太行山脈一帯で八路軍の一部として抗日戦争に参加した。武器も弾薬も八路軍から提供されたが、隊旗だけは太極旗であった。朝鮮義勇軍の主要任務は、戦闘もしたけれども、日本語を駆使した宣伝・広報活動にあったが、その存在自体が、朝鮮人が中国人とともに抗日戦争を戦っているという事実を世界に示すことになった。

一九四五年日本の敗戦後、朝鮮義勇軍の一部は中国東北地方に移動して国共内戦でも活躍したし、またその一部は北朝鮮に帰り、延安派を形成した。

朝鮮義勇軍の活動を書いた作品が彼の作品の大半である、その代表作が『抗戦別曲』であり、『激情時代』である。なかでも『抗戦別曲』は、執筆停止二十四年、そのうち強制労働一〇年間の禁がとかれて最初の長編である点で、最も注目される作品の一つである。『二十世紀の神話』は大躍進後の毛沢東の失政を真っ向から批判した作品で、素材的には、『抗戦別曲』と異質であるが、金学鉄にあっては「目の前に不合理な現象があれば、それと戦う」という意味では同一線上に並んでいる。

(三) 金学鉄との出会い

そもそも金学鉄とわたしとの因縁は一九七四年八月に発行した創土社刊『現代朝鮮文学

選』Ⅱの一編として金学鉄の「たばこスープ」を訳したことに始まる。わたしはその作品をおもしろいと思って選択した。当時は金学鉄の経歴も知らず、その生死も知らずに「文学家同盟」（ソウル）一九四六年七月発行の『文学』誌から翻訳した。それを目にした金学鉄は当時まだ中韓国交もなく韓国の文献を見られなかったので、日本語訳を基に再度朝鮮語に戻して、それを『松花江』誌一九八二年三期に、新たな「たばこスープ」を書いた。新たな「たばこスープ」は物語の展開は同じだが、細部では旧作の「たばこスープ」と違っており、また日本語からの完全翻訳でもない。

わたしは一九八五年四月、早稲田大学在外研究員として吉林省延辺朝鮮族自治州に入ってすぐ、金学鉄さんに会いたいと、延辺大学副校長鄭判龍副校長に申し入れた。それが実現したのは六月にはいってからのことだった。

金学鉄が延辺大学の宿舎にわたしたちを訪ねてきたのは夜暗くなってからだった。当時は相当人目を警戒していた。一九八五年といえば、文革十年間右派分子として一九六六年から十年間強制収容所に入れられ出獄したのが七七年、その後三年間反革命前科者として世間に白眼視された。夫人がレンガ工場などで働いて生活を支えていたが、八〇年ようやく二十四年ぶりに復権して創作活動に入ったばかりだった。金学鉄は片足の身で松葉杖をつきながら延吉市内をどこでも歩きまわっていた。雪が降っても毎朝人民公園を散策した。ただ、行かないところがあった。彼を人民裁判にかけた会場となった延辺体育館には絶対に近づかなかったし、延辺大学も嫌っていた。延辺大学は文革中、金学鉄を批判して副教授になった者がいるからという理由だった。

金学鉄との対談は一回百二十分前後、十五回にわたり、金学鉄の自宅でおこなわれた。延吉市の西市場から遠くない集合住宅だったが、そこへ行くにも表通りから来ないで裏道から来いということだった。表通りからだと金学鉄を批判した同じ集合住宅に住む某作家の目にとまりかねないという。金学鉄の心のうちはまだ文革時の苦悩から脱出できていないのだと、わたしは思った。十五回の対談のうち、十三回は録音した。あとの二回は録音しないでくれと言われた。それはソ連亡命未遂事件にかかわることだった。

一九六一年、北京のソ連大使館にはいって亡命しようとした。たぶんそのことが五七年からの「反右派闘争」での糾弾に拍車をかけたであろうと察せられた。わたしはこの事件のことを誰にもいわずに沈黙してきた。だが、金学鉄の死後一年たった二〇〇二年、延辺人民出版社から出版された『朝鮮義勇軍最後の分隊長金学鉄』の金学鉄年譜にはソ連大使館進入を試みて失敗した事実が記されている。誰もが知っているのに語らない事実だったのかもしれない。何より金学鉄自身、忘れてしまいたい事件だったろう。その時も軍官学校時代の同僚で国家民族事務委員会の次官、いわば朝鮮族の出世頭ともいえる文正一が助け舟を出して、同じ社会主義国のソ連に行くことが「右派」の証拠になるのかと弁護したという。

一九八五年に一年間延吉に滞在したのち、わたしは八六年から九一年まで夏休みを利用して毎年延吉を訪れた。八六年か八七年に『思想月報』百一号（一九四三年三・四合併号）と百三号（一九四三年六月号）に金学鉄の判決文が載っているのを発見し、その複写を本人に見せたところ、ひどく不興をかってしまった。百一号には「長崎地方裁判所検事局報告」として「洪性杰に対する（朝鮮民族革命党関係）治安維持法違反被告事件予審終結決定」として、主文「本件を長崎地方裁判所の公判に付す」とある。これは一九四三年四月九日「在石門日本帝国総領事館領事脇里壽夫」の名で書かれている。石門とは日本占領時の石家荘の呼称である。

百三号には「長崎地方裁判所報告」として「洪性杰に対する抗敵並治安維持法違反被告事件判決」として「本件に付検事は被告人の所為は治安維持法に該当する外刑法第八十一

条後段に該当する」ものとして死刑を求刑した。公判に於ては治安維持法第一条及刑法第八十六条を適用処断し、昭和十八年六月二十二日確定した」。「判決。本籍、朝鮮咸鏡南道元山府南山洞九十六番地。住所、不定。金学鉄事、無職洪性杰、大正五年十一月四日生。（中略）主文。被告人を懲役十年に処す。未決勾留日数中二百日を右本刑に算入す」とある。

結局長崎地方裁判所では死刑の求刑であったが、判決は十年の懲役刑だった。『思想月報』百三号の判決文は延辺でも朝鮮語に翻訳されて『朝鮮義勇軍最後の分隊長金学鉄』という本にのっているが、よく翻訳してあるものの、小さなミスがところどころにある。引用した部分で言えば、「金学鉄事洪性杰」を「金学鉄に関すること」と訳している。これは「金学鉄すなわち洪性杰」、または「金学鉄本名洪性杰」と訳すのが適当だろう。

わたしは『思想月報』百一号と百三号を見つけ出し、金学鉄に見せたところ語気強く「あれは嘘っぱちだ！」と即座に言った。捕虜になって、取り調べを受けた屈辱感、それを思えば「嘘っぱちだ」と珍しく語気を荒げたのも当然かと思われた。しかし、『思想月報』は日本側が金学鉄をどう見ていたかを知る重要な文献であることは確かで、わたしは金学鉄の死後、出版した『中国朝鮮族文学の歴史と展開』に収録したし、中国でも貴重な資料であると判断したから翻訳したのであろう。本書にも「思想月報」百三号を資料として採録した。

一九八九年九月ソウルで金学鉄と会って、十二月に東京でまた会うことになった。金学鉄は中国共産党籍を回復し、一九四六年以降初めての訪韓、訪日だった。東京では二重橋のほかに、巣鴨、浅草、銀座、浜離宮、横浜などを夫妻とともに散策した。人々が浅草寺の本殿の横で線香の煙を両手に受けて頭や胸や腰に当てているのを見て、金学鉄夫人はわたしの妻に「あれ、何してるの?」と聞いた。「具合の悪い患部にあてると良くなるっていうのよ」と答えると、夫人は即座に胸に煙をあてた。金学鉄はやさしい笑顔で言った。「あれで治るのならいいんだが——」と思いやった。夫人は心臓病の持病があった。

海上レストランになっている横浜の氷川丸では、機関室の機械に異常といえるほどの関心を示した。狭い階段で、足元がすべりはしないかと気遣うわたしたちに、金学鉄はだいじょうぶとばかり、両脇に二本の松葉杖をついて鉄の階段を下りて行った。新たなものに関心を示し挑戦しようとする姿は、若いとき上海に渡ってアメリカ人に英語を学んだ金学鉄の姿を彷彿とさせた。

一九八九年までは質素な集合住宅に暮らしていたが、中国籍を取ったことで「抗日幹部」と認定され、延吉市内の河南の集合住宅に移ることができ、少しは楽な暮らしができるようになった。もっともそれまで朝鮮籍だったからこそ、狂乱の文革中懲役十年ですんだのかもしれないと、わたしは思っている。外国人を政治的理由をもって殺害したら、外交問題になりかねないからである。

一九八九年九月、海外で抗日活動を行った者の一人として、盧泰愚大統領時代（一九八八〜九三）韓国国務総理に招待され越北後初めて韓国を訪れる。その時ソウル江南の高級ホテルに泊まっていたが、外国賓客接待コースの一つである国立墓地参拝を拒否し、これ以上韓国側の接待は受けぬとして、ホテルを抜け出し、鍾路三街の横丁の奥まった所にある木造二階建のプリムジャンホテル（ジャンホテルは一般のホテルより格下の宿泊施設、いわば連れ込み宿）に自費で泊まっていた。朝鮮戦争で多くの同僚が死に、米韓軍のピョンヤン攻撃により、彼自身も家族と別れ、着の身着のまま一路北をめざし、中国に入ったのだった。金学鉄夫妻はプリムジャンの下の階に、わたしたち夫婦は上の階に、三晩泊まった。

わたしたちを訪ねてきた徳成女子大の金宇鍾教授に、こんなところに出入りしていると、週刊誌の記者に見つかったら韓国ではゴシップ騒ぎになるからと、宿を移ることを勧められた。確かに「回転寝台あります」というネオンが輝いていたが、金学鉄さんは気にも留めなかった。プリムジャンにいる間、わたしたちはタップコル公園、旧名パゴダ公園を散策したり、いまは人手にわたっているが、中学時代を過ごした寛勳洞の母がたの祖母の家を見つけだした。主人の了解を得て家の中に入った金学鉄は感慨深げにあちこち眺めていた。

この年韓国まで来たついでに、金学鉄は『季刊青丘』の招きで日本を訪れた。在日の歴史学者李進熙、詩人李哲、文学評論家安宇植らが出迎え、金学鉄夫妻は神田の韓国YMCAに泊まった。わたしは東京案内を買って出た。一番見たいところはどこかと聞くと、二重橋だと答えた。さんざ宮城遙拝させられたところがどんなところか、実地に見たかったのだった。

金学鉄さんに最後に会ったのは二〇〇一年九月十三日、亡くなる十二日前だった。断食しつつ自宅で寝ていたが、いつものきりりとした生気はなかった。手を握ると静かに微笑んで日本語で「いい男だねえ」と口にした。

どういう意味か。わたしは俳優のような容姿はしていないからその可能性はない。行為、品行、生きる道——。金学鉄さんにそう言われると、うれしくもあり、「いい男」になろうと努めることが恐ろしくもあった。

自分で死期が近いことを自覚して遺書を残していた。印刷されたものを息子の金海洋さんが後からくれた。金学鉄が口述し金海洋が記録したものだった。

　残す言葉
社会の負担を減らすため
家族の苦痛を減らすため
これ以上恋々とせず
きれいさっぱり旅にたつ

病院、注射、絶対拒否
静かに行かせてくれ

金学鉄

楽に生きようとすれば、不義に顔をそむけよ。
だが、人間らしく生きようとすれば、不義に挑戦せよ。

二〇〇一年九月九日（断食五日目）

金学鉄は自分の棺を担ぐ人も指定していた。延辺大学でかつぎ手に入っていたのは、早い段階で金学鉄論を書いた若い金虎雄だけだった。文革当時彼を糾弾した人間は一人も入っていなかった。

二〇〇一年九月二十五日、金学鉄は旅立った。金学鉄の一生は、まさに不義に挑戦した一生であったといえよう。遺灰は金学鉄の故郷朝鮮元山に届くようにと豆満江に流した。

二〇一八年九月、わたしは息子金海洋の案内で豆満江畔に行き、追悼した。

（四）朝鮮文学者との交流

金史良が抗日紀行文『駑馬万里』（原作一九五五年。日訳は一九七二年、朝日新聞社、安宇植訳）のなかでこう書いている。

「足に銃弾をうけ、倒れたまま連れ去られた同志は日本のある刑務所へ護送されたというだけで、その生死と真偽のほどを知ることができずにいたところ、このたび祖国の解放を迎え、彼は日本から帰国してきた。隻脚の作家、金学哲（音訳）君がその同志であった。」

ここにいう金学哲とは金学鉄のことである。金学鉄と金史良の二人は、お互いにどういう経歴を持った人間であるかは知っていたが、これを書いた時点で面識はなかった。『駑馬万里』はもともと『驢馬千里』として一九四七年秋、北朝鮮文学芸術同盟編で刊行された。一九四六年十一月に韓国から越北した金学鉄と、『驢馬千里』を書いた金史良はやがて親交を結ぶ。金史良の義父が金剛山に別荘を持っていて、金史良はそこで執筆したし、金学鉄も療養のため、そこに滞在したこともある。中国八路軍に身を寄せた唯一の朝鮮人作家が金史良であった。

金学鉄は三年半北朝鮮にいたが、そのうちの一年半を肺結核の療養に費やした。金学鉄は獄苦等長年の労苦によって体がぼろぼろだった。出始めたストレプトマイシンを八〇本打ったという。ソウル時代の一年間に十数篇の小説を書きながら、北朝鮮時代に入ってからはそれほど書いていないのは療養のためもある。

李泰俊（一九〇四年～未詳。純文学の中心人物。一九四六年越北）とは非常に親しかった。金学鉄が中国に入った一九五一年から五二年にかけて『人民文学』『光明日報』に李泰俊の作品を翻訳紹介したことがある。朝鮮戦争後、金日成によってアメリカのスパイにされた朴憲永裁判に関連して李泰俊が批判されても、金学鉄の李に対する敬意は変わらず、李の『文章読本』を「あれは非常にいい本ですよ」と言っていた。また人柄も「李泰俊は謙虚で優しい、いい人だ。ただ、女性に関しては聖人君主じゃなかったけど」とも評していた。

金学鉄が李泰俊に最後に会ったのは一九五二年、北京で会議があり、李は朝鮮作家同盟の代表として参加した。その頃朝鮮の都市は米軍の爆撃で破壊しつくされていた。李は「農村に住んでいるが、農家はネズミが多くて、外出着はふろしきにくるんで天井からつるしておく始末だ。朝鮮の作家同盟には何もない、援助してくれ」といわれ、金学鉄は丁玲に話して中国作家協会の前身、文学芸術連合会がジープ車二台分の荷を李泰俊に持たせて送ったという。

一方、金学鉄は韓雪野にはいい印象を持っていない。前述したインタービューで「韓雪野もね、自分の自慢話ばっかりするんですよ。韓雪野は鉛筆で原稿書いてね、推敲しない」と言っている。

だいたい金学鉄は共産主義を信奉しながら「極左」は好まなかった。ソウル時代にもっとも親しかった文学者は李無影だった。李無影は純粋文学派に属し新世代社を運営しており、金学鉄は新世代社の雑誌に「亀裂」を載せた。左右の陣営が共同して新韓国の発展に協力しあわなければならない時に、「極左」は独善が過ぎると金学鉄の目に映ったのかもしれない。

（五）作品解題

（A）ソウル時代（1945・11〜1947・10）

本書に翻訳した作品について解題を試み、読者の参考に供したい。

一九四五年解放を迎え日本の監獄を出た金学鉄は、十月に朝鮮に帰りしばらく休養する。目まぐるしい政治環境のなかで政治活動に身を投じながら、十一月から文学活動を開始する。ソウルは金学鉄にとって作家としての初舞台であった。

ここに翻訳した作品を発表時期順に並べると以下のようになる。

「ムカデ」。

『建設』三号。一九四五年十二月一日発行。原題「지네」。

金学鉄の最初の作品であるが、すでにこの作品に金学鉄文学のいくつかの特徴が表れている。「完全な人間はいない、優れている点もあれば弱点もある」「小説は面白くなければならない、みんなが読んで楽しいものでなければならない」。こういった晩年の主張はすでに第一作からあらわれている。

金学鉄は幼児期、鶏をつぶすことも、鳥をとることもできなかったという。それは「ムカデ」の中の主人公がシラミをつぶせないのと同じである。兵士でありながら、小さな虫におびえる主人公。天性がそうなのだから、とあきらめている。そんな主人公がいざ戦闘になると、無意識のうちに敵軍をやっつける手柄をたてる。そのギャップが面白い。

「亀裂」

『新文学』一号。一九四六年四月一日発行。新世代社。原題「亀裂」。

この作品にいう「亀裂」とは砲弾が地中深くで炸裂して大地震の地割れのようにできる穴を意味する。塹壕のように十数人が入って敵の銃弾を避ける穴にも利用できる。

金学天と金時光は支隊長同士でライバル。農民に対する態度も違うし、音楽趣味も違う。日本軍と激しく戦闘する中で、生き残った兵士を連れて同じ亀裂に入った。頭の上を砲弾がヒュンヒュン飛んでいく亀裂の中で、普段は対立する二人が生死を共にして戦う中で、二人の対立はすっかり解ける。

抗日戦争に題材をとった小説であるが、敵との対立の前には、味方の小さな矛盾など取るにたらず、互いに手を取り合って進まねばならない、解放直後、建国事業の前には民族主義者であれ共産主義者であれ協力しあわねばならないという金学鉄のメッセージも込められているようだ。

「たばこスープ」

『文学』一巻一号。一九四六年七月十五日。朝鮮文学家同盟発行。原題「담배ㅅ국」。何をやってもグズで居眠りばかりしている朝鮮義勇軍の兵士文正三が、日本軍輜重兵の四頭立ての馬車とそれに積んでいた大量の酒、たばこ、缶詰を奪い、塩ばかりの副菜しかない義勇軍兵士たちの大喝采を浴びる話である。

「たばこスープ」には戦闘場面は少ないが、その代わりこの小説では作者のユーモラスな手法が目を引く。

「彼は革命的軍人だった。しかし同時に人間であった。だから彼は眠った。眠りながら歩き、歩きながらも眠った」

これは行軍中の文正三の姿を描いたものだが、ここに革命的であるからこそ人間的であり、人間的であるからこそ革命的だとする作者の思想が表われている。毛沢東によって否定された彭徳懐に対する金学鉄の敬意は死ぬまで変わっていないのは、その人間性の豊かさにある。

文正三のモデルは文正一であろう。文正一は軍官学校の同期生であり、八路軍で共に戦い、朝鮮戦争時金学鉄とともに北朝鮮から中国に入った無二の親友であり、いわば朝鮮族の出世頭である。その彼を、最後は大手柄を立てて凱旋するのだが、日常は寝坊で愚図な人間として描いている。作品の文正三は現実の文正一ではないが、読者は容易にモデル詮索できる。わたしが北京のマンションに文正一を訪ねた時、文正一は「たばこスープ」に苦り切った顔をしていた。

一九四五年十一月から約一年間のソウル滞在中に金学鉄は十数篇の小説と一編の評論、一編のエッセイを残した。それらをまとめて一冊にする予定であった。一九四六年四月一日発行の『新文学』に金学鉄著『短編集朝鮮義勇軍』の広告も出されており、そこに「方今印刷中」とある。彼の越北によって、この短編集は出されずじまいに終わった。解放後の韓国で、武器を取って日本軍と戦った作家は金学鉄以外にいないために、しかも金学鉄が抗日の隻脚戦士であるがために、かなりの人気を博したが、南朝鮮労働党系の人士とともに活動した金学鉄は、アメリカ軍政の圧迫に身の危険を感じ、一九四六年十一月に新天地を求めて船で三十八度線を越えて越北した。

翻訳した三篇以外の、ソウル時代に雑誌に発表した短編の題目をあげておく。

評論「文化政策と中国共産党」
随筆「冷静」
短編「南江渡口」
短編「ああ胡家荘」
短編「夜とらえた捕虜」
短編「夜盲症」
短編「鶏卵」
短編「穴のあいた盟員証」

（B）ピョンヤン時代（1947・11〜1950・10）

一九四六年十一月に北朝鮮に入り、朝鮮戦争が起き、米韓軍に押し出される形で一九五〇年十月に中国に脱出する間、金学鉄の創作活動の痕跡ははっきりしない。作品活動は続

けていたらしい。「政治犯919」、「選挙万歳」、「敵区」、「똘똘이」（しっかりした子）、「コンミューンの息子」等の短編を各種新聞雑誌に、また中編「氾濫」を『文学芸術』に発表したようであるが、未だ現物を確認できていない。

ただ中編「勝利の記録」は、一九四九年ピョンヤンで発表されたものを一九五二年に刊行された北京人民文学出版社「在厳峻的日子裏」（厳しき日々に）と表題を変えて孫振侠によって中国語訳されている。その中国語訳を基本にし、金学鉄が再度朝鮮語に直した「勝利の記録」が、金学鉄著『新居に入る日』（새집 드는 날）、発行者「東北朝鮮人民書店総店刊（吉林省延吉市）、出版社「延辺教育出版社」（吉林省延吉市）の中に納められている。この本は一九五三年七月に初版を出している。

『新居に入る日』には七編の短編が収められており、そのうち二編はピョンヤン時代に書かれた作品である。「勝利の記録」はそのうちの一編である。もう一編「戦友」が『新居に入る日』の末尾に納められているが、これがピョンヤン時代に書かれた中編「氾濫」の一部であると明記してある。『氾濫』の全体像を見ることができないから、今回の『金学鉄短編小説選』にはとらなかった。

「勝利の記録」も多少作者の手が加わっているかもしれない。特に年代、地名、人名について、『新居に入る日』所収版では、一九四×年、胡××、孫××、のごとく一部伏字になっているものが、中国語訳では伏字がなくて、一九四一年、胡家荘、孫一峯のようになっている。伏字にしたのは著者ではなく、編集者が何らかの配慮から、中国で発表する際、伏字にしたのかもしれない。ピョンヤンで発表された「勝利の記録」は見ることができないが、それに最も近いものとして『新居に入る日』所収の同小説を選んだのは、そう大きな間違いはないだろう。中国語訳と『新居に入る日』所収版を対比してみても、ほぼそのままでかなり忠実な翻訳と言える。本書は『新居に入る日』所収の「勝利の記録」を基本にし、地名・人名・年代については中国語訳で補えるものは補って訳した。

「勝利の記録」は中国河北省胡家荘戦闘で日本軍の捕虜となった「わたし」がさまざまな拷問と転向への誘惑を拒否し、朝鮮義勇軍戦士としての志を貫き通して長崎刑務所に送られるまでの物語である。「わたし」は金学鉄そのものである。小説よりは記録としての価値が高いと言える。

(C) 中国北京・延辺時代(1950・10〜1957)

「松濤」

一九五一年に北京で発表された。原題は「솔바람」(松風)。一九五三年刊『새집 드는 날』(新居に入る日)所収。一九八五年五月遼寧人民出版社刊『金学鉄短編小説選集』(朝鮮文)にも収録されたが、その時の表題は「송도」(松濤)。両者の間にはわずかな差異があるが、本著は遼寧人民出版社『金学鉄短編小説選集』によった。

名誉回復後初期の金学鉄の著作の多くが、遼寧省や黒竜江省といった延辺以外の地で発表されたのは、中国の少数民族政策が微妙に関係しているからだろう。

「松濤」は朝鮮人宝鏡(ポギョン)と中国人平児(ピンアル)の友愛物語である。物語の前半は万宝山事件に伴う排華運動のために平児の父親が殺され、平児一家をかくまった宝鏡の父親も日本警察によって殺され、平児と宝鏡は松濤(元山郊外の地名。松林に吹く風が波濤のように聞こえるところから名づけられる)の松の幹に「朝中(万歳)」と刻み込み、結局平児は中国に帰る。

万宝山事件は一九三一年、長春郊外の万宝山で、従来から畑作をしてきた漢族と、稲作を営む入植者である朝鮮人が水路建設をめぐって衝突し、それを巧みに利用した日本当局が朝中の敵対関係を造成し、その報道が伝えられると朝鮮各地で排華運動が起き死者も出た。こうして「万宝山事件」は「満洲事変」の導火線となった。「松濤」の平児の父親も万宝山事件の犠牲者の一人として設定されている。（なお、一九三〇年代に出版された「万宝山事件」を扱った小説として、日本に伊藤永之介「万宝山」、中国に李輝英の「万宝山」、朝鮮に李泰俊の「農軍」（農民）がある。）

「松濤」の後半は、平児と宝鏡が長じて、朝鮮戦争時に平児は中国志願軍の連隊長として、宝鏡は朝鮮人民軍の連隊長として南進の途中、たまたま松濤の「朝中万歳」と刻んだ松の木を探していて、二人が出会う話である。

朝鮮戦争当時、「抗米援朝」のスローガンのもとで多くの中国義勇軍が朝鮮で戦っている時期の作品である。

「軍功メダル」

「軍功メダル」は一九五一年、北京で執筆された。原題は「군공메달」。この小説も一九五三年刊『新居に入る日』にも、一九八五年『金学鉄短編小説選集』にも収録されている。朝鮮戦争当時書かれたもので、朝中連帯をうたいあげている。

朝鮮人民軍兵士楊雲峰と中国義勇兵士胡文平が、軍功メダルを譲り合う話である。米軍の戦車に対し先に突っ込んだ胡が戦車を倒しきれないで負傷したところを、楊が戦車を破壊した。けれども米軍兵士に楊が撃たれるところを、負傷しながらも胡が米兵を射殺し、楊を助けてくれる。楊は戦車を葬り去った誇りと、自分を戦場で死から救ってくれた恩人である胡を救出し、はればれとした気分で朝鮮人民軍の病舎に連れて帰る。二人は言葉が通じないが、互いに感謝と友愛の気持ちは通じ合う。楊は別の戦闘で重傷を負って胡のいる病舎に入り、二人はまた出会う。

一方、朝鮮人民軍は楊の申請により軍功メダルを胡に授与しようとすると、胡は自分でなく楊こそ受け取るべきだとして、死にゆく楊の枕元にメダルを置く。

「靴の歴史」。

原題「구두의 력사」は一九五五年に延辺で書かれた。この作品以降はすべて延辺で書かれている。遼寧人民出版社一九八五年五月刊の『金学鉄短編小説選集』に収められた。「靴の歴史」は小作農だった男が語る形式をとる物語である。金がなくて靴も買えず、靴がないから遠足にも行けなかった若者が、合作社（共同組合）運動を通じて生活が向上し、デパートで皮靴を買う。ところが靴の片方を川に落としてしまい、代わりに運動靴を買う。サッカーをやって片方の運動靴がぼろぼろになると、以前はいていた皮靴の片方を

思い出し、不ぞろいの靴をはいて生活する。靴を買おうとすれば買えるが、今はその金を合作社の活動資金として投資する。

若者は互助組、合作社、人民公社とつながる社会主義的改造運動の未来を信じている。金学鉄も「靴の歴史」を書いた一九五五年の時点では信じている。金学鉄が社会主義を放棄せずに、毛沢東の急進路線・非人間主義と明らかな違いを見せるのは、一九五八年以降である。八路軍時代からの尊敬する指導者彭徳懐が批判され、さらには文学の師匠丁玲が極右分子とされ、金学鉄も執筆できなくなる一方、毛沢東は強力に人民公社化を押し進めた。結局、文革は正式に否定され、人民公社も一九八二年に廃止が決まる。

文革十年の監獄生活を含む二十四年間という気が遠くなるような長い執筆停止期間をへて、金学鉄が一九八五年に「松濤」も「軍功メダル」も「靴の歴史」も収録した『金学鉄短編小説選集』を刊行した時、彼の感慨はいかばかりであったろうか。

（D）中国延辺時代（1981〜2001）（D作品は発表順不同）

「戦乱の中の女たち」

原題は「전란속의 녀인들」。原載『遼寧朝鮮文報』一九八五・八。一九八七年六月刊、

延辺人民出版社出版、延辺新華書店発行『金学鉄作品集』所収。

作品の前半は朝鮮義勇軍が日本兵に化けて戦闘に勝利する話。日本語に堪能な朝鮮義勇軍でなくしては、かなわぬ話だろう。その戦闘で日本兵死者の所持品からハングル本を発見し、知らぬこととはいえ同族を殺したことを慚愧に思う。

作品の後半は四人の朝鮮人慰安婦の話。根は純朴実直な慰安婦たちへの同情に溢れている。

貧しさゆえに売られ、顔が醜いために危険な最前線に送られ、日に何十人も日本兵を相手にする。彼女たちは朝鮮義勇軍の捕虜になるが、よく働き、たきぎとりは力持ちの作男にも負けないたくましさも持っている。

「こんな女がいた」

原題は「이런 녀자가 있었다」。初出『アリラン』一九八六年二四号、一九八七年六月刊『金学鉄作品集』所収。

河北省太行山抗日根拠地一帯での遊撃戦の情況や、日米開戦時、朝鮮義勇軍内の楽観的雰囲気が、兵士たちの冗談まじりのやりとりの中でよく表われている。日本の間組（はざまぐみ）の職員四人を捕虜にするが、男三人は不要だから返し、女一人は柳明子と言い朝鮮人だったので「包摂」の対象となる。だが、どうしても朝鮮に帰りたいと言って朝鮮義勇軍にとどまる気はない。義勇軍兵士李志剛はやむを得ず深県の城門まで柳明子を日本側に送り届ける。

数か月後北京で地下工作をしている李志剛は、偶然にも北海公園で柳明子とその兄と出会う。柳きょうだいは朝鮮義勇軍に入ることを切望している。李志剛は柳きょうだいやその他の朝鮮人も包摂に成功して、太行山根拠地に帰る。

以上が粗筋である。話として感動的である。ところで本当に柳明子が再び抗日根拠地に帰ってきたのか、どこまでが現実でどこまでがフィクションなのかと金学鉄に尋ねたことがあった。答えは、

「（太行山に）帰ってくるもんか、ワハハハハー。でも朝鮮人女捕虜がいたことは事実だ」

であった。

「仇と友」

原題「원쑤와 벗」。『松花江』一九八五年五期に掲載されたのち、『金学鉄作品集』（一九

八七年六月刊）に収録された。

日本帝国主義、日本軍と戦いながらも、日本人との友情と交流もあった事実を描いた作品。金学鉄が日本軍にとらえられてからの、倉茂久雄、広田四熊、杉浦俊介の三人との交流を描いている。この三人の話を大村夫婦に語るという形をとっている。物語はほぼわたしが実話として直接金学鉄から聞いた話と一致する。

倉茂とは石家荘日本総領事館の留置場で出会う。腰の悪い新入りの倉茂を金学鉄はなにくれとかばってやる。恩義を感じた倉茂は出所後差し入れにも来るし、日本に帰る途中朝鮮の金学鉄の家にも立ち寄る。

広田四熊は金学鉄の脚の切断手術をしてくれた長崎刑務所の医師である。銃創を三年間も放置され手術してくれという要求を拒否する医師に代わって、新来の広田医師は治安維持法で収監中の金学鉄の脚の手術をしてくれる。

杉浦は長崎刑務所収監中の海軍少尉である。彼を迫害した上官を刺した罪で刑務所に入ったが、「厳正独居」の金学鉄と違い、ある程度の自由がきく看護員役をしている。金学鉄と杉浦は俺お前で呼び合う仲になり、杉浦は金学鉄に飲食の便宜を図ってやり、金学鉄は日本の敗北を察した杉浦に英語を教えてやる。切断した左大腿を掘り出す場面も現実通りで興味深い。

ノンフィクションに近いこの小説で事実ではない点をあげれば、ささいなことだが、延辺大学でわたしが学生に日本語を教えたのは事実であるが、家内が延辺大学の教員に日本語を教えたということはない。家内は龍井の延辺農学院（現在は延辺大学に統合）の日本語培訓班で、中国各地から集まってくる農業指導者に日本語会話を教えたことはあるけれど、延辺大学で教えたことはない。


「太行山麓」

原題は「태항산록」。『金学鉄作品集』（延辺人民出版社、一九八七・六）に収められ、『金学鉄全集４』の『太行山麓』（延辺人民出版社、二〇一一・六）にも収録された。金学鉄の作品の半数を占める八路軍物の一つである。

延安や上海ならともかく、北京、天津がある河北省の一角で、八路軍の一部として朝鮮義勇軍が抗日戦闘をしていたとは驚きである。現在では都会人のために格好の遊園地が作られ多くの人でにぎわっているが、そこで実は多くの血が流されたのだ。

太行山を直接舞台とした小説は、この作品集でも「ムカデ」「亀裂」「勝利の記録」「こんな女がいた」「戦乱の中の女たち」などと多いが、「太行山麓」では小説の表題にまでなっている。

この小説に登場する柳東浩とは実在の人物で、日本軍通訳をしていて朝鮮義勇軍の捕虜になり、そのご「包摂」された人である。解放後、開山屯パルプ工場で党の仕事をしながら日本語教育にたずさわり、わたしたちや在日の歴史家姜在彦とも親交を結んだ。

「囚人医師」

原題は「죄수의사」。『長春文芸』一九八五年三期に発表され、『金学鉄作品集』（延辺人民出版社、一九八七・六）に収められた。

文革中、囚人でありながら医療にたずさわる男の話。土に埋められた死者を掘りだした精神疾患のある青年に、十年の懲役刑を科す司法の体制に対する挑戦を描いている。ここにも金学鉄の遺書にあるように「楽に生きようとすれば不義に顔をそむけよ。しかし、人間らしく生きようとすれば不義に挑戦せよ」の信念が貫かれている。

以上数多くの金学鉄の作品の中から、十二編を選び出して翻訳し、『金学鉄文学選集』

第一巻として『金学鉄短編小説選』を出版する。この後に長編『激情時代』、『二十世紀の神話』が続くはずである。

最後にこの『金学鉄短編小説選』を出版するにあたり、推進力となってくれた丁章氏をはじめ、愛沢革・鄭雅英両氏に、それと翻訳・出版助成金を支援してくれた韓国文学翻訳院に、また困難な状況下において出版を決意してくれた新幹社に、深く感謝する。

以上

洪性杰に対する抗敵並治安維持法違反被告事件判決
―長崎地方裁判所報告―

本件に付検事は被告人の所為は治安維持法に該当する外刑法第八十一条後段に該当するものとして死刑を求刑した。公判に於ては治安維持法第一条及刑法第八十六条を適用処断し、昭和十八年六月二十二日確定した。

尚本件に付ては月報第百一号所載の予審終結決定を併せて参照せられ度い。

判　決

本籍　朝鮮咸鏡南道元山府南山洞九十六番地

住居　不定

『思想月報』第百三号

金学鉄事
無職　洪　性　杰

大正五年十一月四日生

右者ニ対スル抗敵並治安維持法違反被告事件ニ付当裁判所ハ検事山崎季治関与ノ上審理ヲ遂ケ判決スルコト左ノ如シ

主　文

被告人ヲ懲役十年ニ処ス
未決勾留日数中二百日ヲ右本刑ニ算入ス

理　由

被告人ハ朝鮮咸鏡南道元山府ニ於テ生レ同地ノ普通学校ヲ経テ京城普成高等普通学校ニ入学シタルモ昭和六年秋三学年ニテ病気ノ為中途退学シ爾来実母ノ許ニテ療養ニ努メ其ノ後

暫ク当時ノ家業タル鉱山業ノ手伝ヲ為シ居タルカ在学時代ヨリ熱望シ居リタル英文学研究ノ為英語習得ノ目的ヲ以テ昭和十一年四月中華民国上海ニ到リ翌昭和十二年三月頃迄同地ニ於テ米人教師ニ就キ英語ノ学習ニ従ヒ居タルトコロ其ノ頃実家ニ於テハ鉱山業ニ失敗シ被告人ニ対スル送金不能トナリ被告人ハ其ノ勉学ノ資ヲ絶タルルニ至リテ日夜之ニ懊悩シ居リタル折柄偶予テ知合ト為リ深ク敬愛シ居タル半島人沈星雲ヨリ南京所在ノ金陵大学ニ給費生トシテ入学スル途アル旨教ヘラレ痛ク之ヲ喜ヒ昭和十二年六月同人ニ随ヒ南京ニ赴キ其ノ入学期ヲ待チ居タルニ同年七月北支ニ於テ日支事変勃発シ同年八月ニハ早クモ上海ニ波及シ日支間ノ全面的事変ニ進展シテ南京モ日本空軍ノ爆撃下ニ曝サルル状態トナリタル為交通杜絶シテ最早帰国スルノ途無キニ立チ到リテ身ノ処置ニ苦慮シ居タル折柄

一、当時南京ニ朝鮮ノ独立ヲ目的トスル朝鮮民族革命党ト称スル結社存在シ同党ハ支那事変勃発ノ後ヲ受ケ其ノ当面ノ任務ヲ支那軍ニ協力シテ抗日戦ニ参加シ以テ帝国ヲ敗戦ニ導キ其ノ機会ニ於テ朝鮮ノ独立ヲ達成セムトスル点ニ置キ其ノ遂行ノ為党員ノ獲得ニ務メ居リタルモノニシテ同党首領金元鳳及早クヨリ同党ニ加入シ其ノ目的遂行ノ為上海ニ在リテ党員獲得ニ従事シ居タル前記沈星雲等ハ交々被告人等在南京半島人同胞ニ対シ支那事変ヲ機トシテ朝鮮独立運動ニ邁進スヘキ旨及右革命党ニ入党シ居ラサレハ敵国人扱ニサレ一身ノ安全モ保シ難キ旨ヲ説キ右革命党ニ加入シ朝鮮独立ノ為尽瘁スヘキコトヲ強要シタル結果被告人ハ遂ニ之ニ応セサルヘカラサルニ至リ同党カ革命的手段ニ依リ朝鮮ヲシテ帝国ノ統治権ノ支配ヨリ離脱セシメテ独立国ト為シ以テ我国体ヲ変革セムコトヲ目的トスル結社ナルコトノ情ヲ知リ乍ラ昭和十二年九月金学鉄ト変名シテ之ニ加入シ

二、右革命党ハ前記ノ如キ当面ノ任務ヲ有シ之ヲ遂行スル為ニハ党員ノ軍事訓練ヲ要スルモノト為シ昭和十二年十二月一日以降昭和十三年六月迄ノ間被告人等ヲ廬山所在ノ中央軍官学校訓練班ニ於テ訓練シタルカ更ニ右党ノ目的並任務遂行ノ実行機関トシテ之等党員ヲ以テ昭和十三年十月十日漢口ニ於テ前記金元鳳ヲ隊長トシ朝鮮義勇隊ヲ結成スルニ至リ被告人ハ右結成ノ事情並同隊カ支那事変ニ際シ蔣政権ト協力シ対敵宣伝ヲ以テ抗日戦ニ参加シ帝国ヲ敗戦ニ導キテ其ノ機ニ朝鮮ノ独立ヲ達成セムコトヲ目的トスル結社ナルノ情ヲ知リ乍ラ右結成ト同時ニ之ニ加入シ次テ同隊ヨリ昭和十三年十一月頃ヨリ同十四年十二月頃迄ノ間ハ長沙方面ニ昭和十五年二月頃ヨリ同年十一月頃迄ノ間ハ老河口方面ニ同年十一月頃ヨリ昭和十六年二月頃迄ノ間ハ西安及洛陽方面ニ順次派遣セラルルヤ被告人ハ右目的遂行ノ為各方面ニ於テ蔣政権ノ軍隊ト協力シ支那民衆ニ対シテハ演劇、演説、壁新聞及伝単等ニ依リテ「外国人タル我々サヘ抗日戦ニ参加シ居ルモノナレハ支那民衆ハ進ンテ対日抗戦ニ参加スヘキ」旨ノ宣伝ヲ為シテ抗日意識ヲ鼓吹シ前線日本軍ニ対シテハ伝単又ハ呼ヒ掛等ノ方法ヲ以テ「郷里ノ家ニハ働キ手カ無クテ困却シテ居リ親ヤ妻子カ待ツテ居ル此ノ戦争ハ無益ナレハ戦争ヲ休メテ早ク郷里ヘ帰ルヘキ」旨ノ反戦厭戦思想ヲ宣伝鼓吹シ右ノ如キ宣伝ノ方法ニ因リ敵国タル蒋政権ニ軍事上ノ利益ヲ与ヘ

三、更ニ前記義勇隊ノ大半ハ北支ニ移動スルコトトナリテ被告人等モ亦昭和十六年六月頃第十八集団軍（八路軍）司令部所在地タル山西省遼縣桐峪鎮ニ移動シタルカ当時同地ニハ朝鮮独立ヲ目的トスル華北朝鮮青年連合会ナル結社アリテ右義勇隊トノ間ニ第十八集団軍政治部ノ領導下ニ共同シテ其ノ共通目的達成ニ進マムトノ議纏リ前記義勇隊ハ挙ケテ右連合会ニ加入シ右連合会亦右義勇隊ニ参加シテ之ヲ強化シ以テ其ノ共通目的遂行ノ実行機関ト為スコトニ決シタル結果被告人ハ昭和十六年七月下旬右華北朝鮮青年連合会カ朝鮮ヲシテ帝国ノ統治権ノ支配ヨリ離脱セシメテ独立国ト為シ以テ我国体ヲ変革セムコトヲ目的トスル結社ナルノ情ヲ知リ乍ラ之ニ加入スルノ止ムナキニ至リテ之ニ加入シ其ノ頃前記義勇隊ハ右連合会ノ参加ヲ得テ之ヲ拡大強化シ更ニ改組シテ華北支隊ト為シ支隊本部第一乃至第三隊及留守隊ト編成スルヤ被告人ハ第二隊ニ編入セラレテ同年十一月頃河北省賛皇縣方面ニ配置サレ其ノ頃同所ヲ経テ同省元氏縣ニ赴キ同所方面ニ於テ支那軍ト協力シ同年十二月一日以降十二日頃迄ノ間支那民衆及前線日本軍ニ対シ前記二記載同様ノ手段内容ニ依ル抗日厭戦ノ思想宣伝ニ従事シ右宣伝ノ方法ニ因リ敵国タル蔣政権ニ軍事上ノ利益ヲ与ヘタルカ同月十二日未明宿営中ヲ日本軍ニ襲撃サレ逃走中負傷シテ逮捕サルルニ至リタルモノ

ニシテ以テ被告人ハ国体変革ヲ目的トスル結社ナルコトノ情ヲ知リ乍ラ夫々前記各結社ニ加入シ其ノ目的遂行ノ為ニスル行為ヲ為シタルモノナリ

而シテ被告人ノ判示各所為ハ夫々犯意継続ニ出テタルモノトス

証拠ヲ按スルニ判示事実中犯意継続ノ点ハ被告人カ判示短期内ニ同種行為ヲ反覆累行シタル事跡ニ徴シ之ヲ認メ其ノ余ノ事実ハ総テ被告人ノ当公廷ニ於ケル判示同旨ノ供述ニ依リ之ヲ認メ得ルヲ以テ其ノ証明十分ナリ

法律ニ照スニ被告人ノ判示所為中国体ヲ変革スルコトヲ目的トスル結社ニ加入シ其ノ目的遂行ノ為ニスル行為ヲ為シタル点ハ昭和十六年法律第五十四号治安維持法改正法律第一条後段ニ抗日思想厭戦思想宣伝ノ方法ヲ以テ敵国ニ軍事上ノ利益ヲ与ヘタル点ハ刑法第八十六条ニ各該当シ右治安維持法改正法律違反ノ所為ト敵国ニ軍事上ノ利益ヲ与ヘタル所為ト

ハ一個ノ行為ニシテ数個ノ罪名ニ触ルル場合ニシテ尚治安維持法改正法律違反及右敵国ニ軍事上ノ利益ヲ与ヘタル所為ハ各連続犯ニ係ルヲ以テ刑法第五十四条第一項前段第五十五条第十条ヲ適用シ最モ重キ前記治安維持法改正法律第一条後段ノ罪ノ刑ニ従ヒ所定刑期範囲内ニ於テ被告人ヲ懲役十年ニ処シ尚同法第二十一条ニ依リ未決勾留日数中二百日ヲ右本刑ニ算入スヘキモノトス

仍テ主文ノ如ク判決ス

昭和十八年六月十四日

長崎地方裁判所刑事部

裁判長判事　渡邊嘉兵衛

判事　吉田信孝

判事　平岡俊将

※　昭和十八年六月『思想月報』第百二号

※　旧漢字を新漢字に改めました。

〈跋文〉

植民地支配と南北冷戦を踏み越えて

金　在　湧

中国の朝鮮族作家金学鉄は、二十世紀韓国離散文学において、在日朝鮮人小説家金石範とともに、太い柱を形成している。このたび『金学鉄短篇小説選』が、『金学鉄文学選集』の第一巻として、長年韓国文学を研究してこられた大村益夫先生の手によって翻訳され、日本で出版されることは、韓国文学の東アジア的地平において、きわめて重要な意味を持つ。

植民地支配と冷戦が続いた二十世紀韓国において、全身全霊をもってそれを突破しようとした人は決して少なくなかったけれども、筆を取ってまでそれを実践しようとした人は稀である。解放前中国における抗日武装闘争によって帝国日本の獄につながれ、解放後ソウルで作家活動を始めた金学鉄の前半期の生は、植民地支配を拒否する身もだえであり、越北後（三十八度線越え）ピョンヤンで多様な活動を行い、再び中国に入って反右派闘争と文化革命に屈しなかった彼の後半期の生は、冷戦を突破する闘争であった。金学鉄の生は植民地支配と冷戦を克服する象徴となった。

解放直後忽然と韓国に姿を現し、韓国戦争（朝鮮戦争）以後消息不明で消えてしまっていた金学鉄の文学が、再び韓国文学界に登場したのは一九八〇年代に入ってからである。韓国戦争以後タブー視されてきた在北・越北作家たちの作品が公式に解禁されたのは、ソウルオリンピックが開かれた一九八八年以降のことである。

だが、学界内ではこれら作家に対する論議が水面下で少しずつ進んでいて、筆者もまたこの隊列に加わった。一九八七年に刊行されたシリーズ『解放三年の小説文学』に、越北した李泰俊が北韓の土地改革を扱った『農土』をはじめ、多数の禁止された作家の作品を収録した（この本を出す際、わたしは拘束されるのを避けるために、民主主義を希望するという意味をこめて金希民という仮名を使った。いま思えば恥ずかしい限りだが、この仮名は逆説的に当時の抑圧をあばく意図せぬ効果をも発揮した)。

ところで、その本を準備するために、解放直後の雑誌を読んでいくうちに、非常に興味深い人物に出会った。金学鉄である。他の在北・越北作家たちについては、日帝時代の活動をある程度把握していたので、そう目新しくはなかったが、解放前作家活動が皆無だった金学鉄の名は、まったくなじみがなかった。好奇心から読んだ小説が、延安地域と太行山地域で活動していた独立同盟と朝鮮義勇軍の活動を扱っているのを見てびっくりし、当時の雑誌に金学鉄の名で発表された小説を探し出してむさぼり読んだ。『解放三年の小説文学』を企画した意図が、冷戦によって覆い隠されてきた文学的真実を明らかにすることにあったので、李泰俊とか廉想渉のようにきら星のごとく輝く作家たちとの均衡を考慮せずに、金学鉄の二編の作品を巻頭に載せるという蛮勇をふるった。「亀裂」と「夜捕らえた捕虜」であった。ほかの作品も惜しかったが、どんな作家かまったく分からなかったので、二編で満足するほかなかった。

当時は金学鉄が中国の朝鮮族作家だということすら分からなかったが、この二編の作品によって、この作家に対する関心が高まって行った。やがて中国における長編小説が本格的に韓国で出版されるようになり、金学鉄ブームが到来した。遙か以前に中国で出版され、韓国では見られなかった長編小説『海蘭江よ語れ』（一九五四年）が、一九八五年延辺に滞在した大村益夫先生の提供によって、韓国に紹介され出版される運びとなった（一九八〇年代に金学鉄の作品に初めて接した筆者と異なり、大村益夫先生は一九七〇年代から金学鉄の存在を認識し、彼の作品を日本に翻訳紹介した）。

金学鉄の解放直後の二編が紹介されたのに続いて、中国延辺で創作された長編小説が次々と韓国で公式に出版された。その時期がちょうどオリンピックに重なったので、海外同胞の韓国訪問も難しくなくなっていた。こうして金学鉄先生に初めてお目にかかったのだが、いまだに筆者の脳裏に残っている一句は「歴史は人間が解決できることのみを提起する」というマルクスのことばだった。『解放三年の小説文学』を準備しながら金学鉄先生の小説を読んだとき感じた楽観主義は、決して偶然なものではなかった。それ以後、金学鉄の文学は韓国文学に深く浸透し、正典（正当な文献）とされるまでに至った。

ところで金学鉄作家との因縁は、それ以降も続いた。日帝末「決戦期」に中国太行山の朝鮮義勇軍の支配地域で戦って帰国した金史良が、その旅程を記録した抗日紀行文『駑馬万里』を二〇〇二年に出版するにあたり、おのずから金学鉄の『抗戦別曲』に思い至った。現在も南北でともに無視されている朝鮮独立同盟と朝鮮義勇軍を復元評価する上で、この二人の作家と彼らの記録をともに浮き彫りにすることがもっとも効果的であると判断し、胡家荘戦闘がくり広げられた地域に、金学鉄・金史良抗日記念碑をそれぞれ建てようと決心した。二〇〇五年、光復六〇周年、また金学鉄先生が亡くなられて四年になる年、延辺大学の金寛雄・金虎雄先生とともに太行山胡家荘地域に、金学鉄・金史良抗日文学碑を建てた。金学鉄先生の子息金海洋先生と金虎雄先生とともに、記念碑を建てる場所を探して、胡家荘一帯を歩き回った記憶が今も鮮明である。

一九七〇年代から金学鉄の短編小説を日訳し、中国で創作された金学鉄の作品を韓国で出版しようとしたとき資料を提供してくれた大村益夫先生が、高齢にもかかわらず、金学鉄の主要短編小説を翻訳出版することは、金学鉄文学の位相が非常に高いということを端的に語ってくれている。韓国戦争以降、南北で忽然と消えてしまった金学鉄の文学が、南韓においては正典としての地位を持つ反面、北韓においてはいまだに評価を受けることができない非対称を考慮するとき、残された問題は山のごとく存在する。しかしながら、このたびの日本語翻訳を契機として、金学鉄文学が、外には英語圏へ、内には韓半島全体に拡散し、問題が解決されることを、切に望む次第である。

（キム・ジェヨン　韓国円光大学校教授）

『金学鉄文学選集』日本語版に寄せて

金海洋（金学鉄の子息）

金学鉄文学選集編集委員会から、『金学鉄短篇小説選』日本語版刊行の知らせが届きました。第一巻として、大村益夫先生が翻訳された金学鉄の初期から後期に亘る『金学鉄短篇小説選』の出版となりました。

大村益夫先生は金学鉄の半生において最も親しい友であり、人生の最後に、写真を共に撮った唯一の友でもあります。二人の友情は、両家族の友情として引き継がれて半世紀の時が流れました。百年の紛争と痛みを乗り越えたその友情は、両民族が千年の悠久なる交流と共同の繁栄を回復するよう祈っています。

金学鉄の身体の一部は日本の地に埋められました。長崎刑務所（諫早）の旧無縁墓地に彼の切断された足が埋まっています。痛みの証しだと言えるでしょう。しかしながら、金学鉄の正義への熱望と文学への熱情は、じつは日本からきたものでした。彼が少年期に夜を徹して読みふけった日本語版世界文学全集がまさにその源泉です。魯迅の文学が日本留学と関連があることと同じ脈絡です。

金学鉄は司馬遼太郎の小説を何度も繰り返し読んでいました。それほどこの作家が好きだったからでしょう。これは司馬遼太郎と金学鉄が友情で結ばれていたからで、今も遺(のこ)る二人のあいだに交わされた往復書信がその友情を立証しています。司馬は、自身の全集の毎巻冒頭に直筆サインをして金学鉄に贈りました。『金学鉄文学選集』が出版されれば私は真っ先に司馬遼太郎記念館にお贈りしたいです。二人は共に天国で見守りながら、微笑を浮かべてくださることでしょう。

金学鉄は長篇小説『激情時代』において、幼い頃に見た衝撃的な事件を愉しげに叙述しました。二十世紀初めの大ストライキです。その当時幼かった金学鉄が理解できなかったのは、朝鮮人埠頭労働者たちの大ストライキに、元山港に停泊した日本船舶がいっせいに汽笛を鳴らして声援を送ったことでした。それが、人類の共同体意識が同じ正義の価値を共有していることの表れなのだと、幼い金学鉄には知る由もありませんでした。

しかし、のちになって金学鉄は生涯を懸けて、この共通の正義の価値観のために血を流して闘いました。それは朝鮮民族、日本民族、漢民族、東アジアすべての民族の自由と独立と民主主義の権利のためにしたことであり、自由を渇望するすべての闘士らと共にファッショと専制主義に抗して突き進み、血を流して闘ったのです。彼の思想と作品は、どれか一つの民族のためのものではなく、人類共通の自由と正義のためのものであり、ゆえにすべての人々のものでもあります。そしてそのことこそが日本において『金学鉄文学選集』日本語版が翻訳出版されることの意味だと考えます。

このたびの翻訳出版のために愛沢革、丁章両先生は、日本の文学者や知性人らを伴って、中国と日本における金学鉄の人生の路程を踏査されました。そして大村益夫、愛沢革、鄭雅英、丁章の各先生方が翻訳出版に心血を注いでくださりました。

また、新幹社と韓国文学翻訳院にも心より感謝申し上げます。

われらの世代が生み出した分裂と痛みの壁を越えて、東アジアすべての民族の正常な交流と共同の繁栄のために、この『金学鉄文学選集』日本語版が寄与することを願っています。

中国延吉にて　二〇二〇年三月十日（丁章・訳）

大村益夫（おおむら・ますお）
1933年生まれ。早稲田大学政治経済学部、東京都立大学人文科学研究科を経て早稲田大学語学教育研究所教授（2003年度まで）。現在、早稲田大学名誉教授。植民地文化学会、朝鮮学会各会員。
〈主な著作〉
『愛する大陸よ——詩人金龍済研究』1992、（大和書房）
『朝鮮近代文学と日本』2003、（緑蔭書房）
『中国朝鮮族文学の歴史と展開』2003、（緑蔭書房）
『朝鮮短編小説選 上下』共編訳、1984、（岩波書店）
『耽羅のくにの物語——済州島文学選』（高麗書林）
姜敬愛『人間問題』訳、2006、（平凡社）
『風と石と菜の花と——済州島詩人選』（新幹社）など。

金学鉄文学選集1　短篇小説選
たばこスープ
定価：本体価格 2,500 円＋税

2020 年 12 月 15 日　第 1 刷発行

編訳者　©大村益夫
発行者　高二三
発行所　有限会社 新幹社
〒101-0061 東京都千代田区神田三崎町 3-3-3 太陽ビル 301
電話：03(6256)9255　FAX：03(6256)9256
Email：info@shinkansha.com
装幀／大村秋子・白川公康
本文制作／閏月社　印刷・製本／ミツワ印刷